論創ノベルス

薊の審判

Ronso Novels 007

逢馬 壮

論創社

目次◎薊の審判

プロローグ

薄暗がりの空間で、ほのかな真珠色の光を放つ首に巻きつくように手を掛けて力を込めると、やがて真珠は真っ赤にうっ血した。

「もっときつく」

女の絞り出す声を聞くと、女の腹に馬乗りになった大きな影はより一層力を込めた。

女は首に掛かった手を掴み静止させて、

「あんた、私を殺す気あるの？　それから、私を殺したら三十分後キッカリに、あんたの携帯で警察に連絡して、私に頼まれたって言うこと」

息を荒らげたまま命じた。

それを聞いた大きな影は、再び手にぐっと体重を掛けながら首を絞めると、女は鼻血を流してグタッとなった。

新宿歌舞伎町。日曜日の早朝。ホルモンのかすかな臭いが未明までの歓楽の余韻を残す。ビルの谷間を縫って吹く白南風《しらはえ》が業務用室外機のファンを緩《ゆる》やかに回している。

木造二階建ての飲食店舗が軒を連ねる路地を、男が必死の形相で駆け抜けた。店舗の看板をなぎ倒し、ビールケースを散乱させて障害物にするが、スーツ姿の刑事はしなやかな躍動でそれらをなんなくかわして、少し伸びた髪をなびかせ、鋭い眼光で猟犬のごとく正確に男を追走する。

男は路地から通りに出ると勢い余ってゴミ収集の作業員とぶつかってバランスを失い、通りの脇に山積みにされたコンビニの白いゴミ袋に体をバウンドさせた。生ゴミにありついたカラスが慌てて飛び去った。男はできる限りのゴミ袋を両手両脇に抱えて、再び北へ向かって走り出した。男が去ったゴミ山から、いつから埋もれていたのか酔いどれの寝顔がのぞいた。

前方から迫る数人の制服警官を見つけると、男はゴミ袋をそちらへ幾つも投げつけ、今度は南へ方角を急転回して二十メートルほど直進したかと思うと、すぐに西へ方角を変え、再び路地へ駆け込んだ。前夜に降った雨で所々に水溜まりができていて、男が駆け抜けるたびに看板や室外機に勢いよく水が跳ね上がった。追走する刑事も迷うことなく再び路地に入ると、大きな水溜まり数個を一気に飛び越してスピードを上げた。

男は最初の角を曲がると、ズボンの後ろポケットから白い袋を取り出して、側溝のグレーチングの隙間に無理矢理押し込んだ。だが、その先は高さが三メートル近い工事用の仮設フェンスがあって男の行く手を阻んだ。フェンスの向こう側は建物を解体したばかりと思われる更地で重機が置かれている。更地の向こう側は大通りに面していて、腹を空かせた朝帰りの酔客やホストがラーメン店に列を作っているのが見える。追っ手の足音が近づく。

男は仮設フェンスに組みつくと、身をよじらせて登り、てっぺんから地上へ飛んだ。

ドスッ！

着地には成功したが、大きな通りへ再び走り出そうと足に力を入れた刹那、重機が削ってできた泥濘《ぬかるみ》に足をとられて腹這いに転倒した。

(大通りに逃がすわけにはいかない)

刑事は仮設フェンスの上端《うわば》に両手を掛けると勢いをつけて乗り越えた。転倒してもたつく男に追いついて、後方から男の襟首を掴もうとしたが、気配を感じた男は振り向きざまに刑事の顔面めがけて左手拳を繰り出した。上半身を大きくスイングさせて刑事はそれをかわしたが、続く男の右手拳は刑事の鼻先をかすめて体液が飛び散った。

(くっ！)

刑事は怯むことなく、その右手首をすばやく掴むと、体を捻《ひね》りながら一メートルほど飛び上がって両足で男の右腕を挟み込みこんだ。刑事の左足が男の首に掛かり、そのまま地面に叩き伏せると大きく後ろへ反り返って、一気に男の肘《ひじ》を固めた。

男は残った左手を刑事のほうへ繰り出して逃れようとするが、更に深みに足を取られて、ひっくり返った甲虫のようにバタバタするだけで、なんら事態を好転させることができない。男はそのうち疲れて、刑事の右足にタップしながら全身の力を抜いて、仰向けのまますっかり抵抗を止《や》めた。

二人の男に訪れたしじまと、全身に塗れた泥水は、善悪や生死すらも判別不能にした。

「確保！」

静寂を切り裂くように刑事が叫んだ。

間もなく追いついた若い刑事の一人が男の足を押さえるように飛びかかった。

「臭せっ！　こいつ小便ちびってやがる。ビビりやがったな」

「違います。証拠隠滅です。早くズボンを脱がせてください」

刑事は男の右肘《ひじ》を固めたまま、若い刑事に指示を出した。

「この男の走り方は時々ヒールストライクで不自然です。靴の先端も調べてください」

もう一人の若い刑事にそう言うと、刑事は身を起こして男を後ろ手にねじ伏せた。

「班長、これっ」

若い刑事は泥まみれの靴の先端から小さな白い袋を取り出した。

「すぐに予試験を」

刑事が言うと、若い刑事は懐中からすばやく検査試薬を取り出し、袋から少量採取した白い結晶を試薬に入れると青藍《せいらん》に呈色した。

「班長、出ました」

「結構」

刑事は短く返答した。

「痛てて。腕が折れる」

男の顔半分は泥水に浸かっている。

「あなたはかなり足が速い。ブツを靴に隠さなきゃ逃げ切れたかも知れませんね。覚醒剤所持と公妨《こうぼう》の現逮《げんたい》です。ほかに覚醒剤使用と本命の殺しの容疑もあります。あまり手こずらせないでください」

刑事はそう言うと、鼻血と泥水を垂らしながら男の右手に手錠をかけた。

その日の夕刻。西新宿の高層オフィスビルの点灯はわずかで巨大な墓標に見える。ただ、犯罪に休日はない。高層ビル群に埋もれる新宿警察署の中層階はこうこうと明かりがともり、四階の刑事課の一角に若い刑事が駆け込んだ。

「班長、やっこさんの穿《は》いていたズボンからヤクの陽性反応が出ました。それから逮捕現場に近いヤサのガサ入れで、パケとポンプも押収しました」

ランニングシューズに詰め込んだ布を取り出している刑事に向かって報告した。

「パチンコ屋の店長殺しもあっさり自白しました。やっこさん、パチ屋の打ち子だったようですが、報酬の支払いで店長と揉《も》めたみたいです。それで店長の帰りを待ち伏せて、車で誘拐し致死量のヤクを注射した。班長の睨《にら》んだとおりです」

若い刑事は続けて報告したが、班長と呼ばれた刑事はランニングシューズに型くずれがないかを確認しながら黙って聞いていた。鼻血は止まったが、鼻先はまだ赤みを帯びている。

机のかたまりの最も奥に座った頭髪の薄い刑事が、報告を受けていた刑事に声を掛けた。

「山城、またスピード検挙か。俺より出世するなよ」

「係長、今回もたまたまです。それから、私は出世には縁がないですし……」

刑事がシューズから目線を外して、ようやく口を開いた。

山城は警視庁新宿警察署刑事課強行犯捜査係の刑事だ。最前線で体を張った捜査と筋読みの確かさで部下からの信頼が厚い。上司も山城に絶対的な信頼を寄せている。ある事情で昇進させられないが、役職以上の権限を実質的に与えている。事情を心得た若い刑事らは山城を班長と呼ぶ。

山城は、先週末に管内で発生したパチンコ店店長変死事件の主任に指名されて捜査を率いた。区役所通りに放置された盗難車両の中からパチンコ店店長の変死体が見つかった。司法解剖の結果、死因は多量の覚醒剤の摂取によって横紋筋融解症《おうもんきんゆうかいしょう》を発現し、急性腎不全により死に至ったと判明した。捜査は事故と事件の両面から進められた。

山城は区役所周辺の防犯カメラ映像から数人の男を割り出し、覚醒剤使用の前科がある半グレ集団に属する三十代の男に狙いを定めた。そして今朝、男が住《す》み処《か》に戻ったのを見計らい重要参考人として任意同行を求めたところ男は逃走を図った。しかし、山城から逃れられるはずがない。

刑事課の隅ではワンセグで、パチンコ店店長変死事件犯人逮捕のニュースを数人の刑事が見ていた。

「どいてくれ、見えないよ」

「あっ、今の映像。俺映ったぞ。見たか？」

「分からん」

「運転手は男前に決まり。やっぱり俺だ」

「田崎《たざき》さんは相変わらずの五分刈りの犯人面《づら》ですね」

「本当だ。マジおっかない。田崎さんの下に、〈この人は実は刑事です〉って、テロップ出したほうがいいですね」

捜査係では比較的若い吉川《よしかわ》を中心に盛りあがる。いつものことだ。

「田崎さん、今日は帰ります。被疑者は自白しているようですが、覚醒剤の入手ルートと背後関係を洗ってください。あっ、それから田崎さんの祝いは、私のが済んだらやりましょう」

山城は最も信頼を置く部下の田崎にそう言い残すと、泥水を落として乾かしたランニングシューズの靴紐を結び直して刑事部屋から出た。

階段を下りて警察署の前に立った頃、ちょうど大粒の雨が降ってきた。山城はビル群から垣間見える雲の様子をうかがうように空を見上げて、「遣《や》らずの雨ですか。折角乾いたのに」と独り言を呟き、オフィスビルの風除《よ》けで雨を凌《しの》ぎながら都庁の方向へ足早に消えた。


男は、おぼつかない足取りで街角をあてどなく彷徨《さまよ》っていた。ほどなく、通りの歩道に設置された金属製の錆びたベンチに腰を掛けると大きめサングラスを外した。おもむろに、使い古した鞄から、やや変色した写真を取り出して、左目に近づけた。夏のまばゆい日差しの中で、写真に写る女性の表情を確認するかのように、右手の指で女性の顔をなぞった後、男は写真を鞄に仕舞った。

サングラスを外した男の両目の周りには引っ掻いたような傷跡がある。何かを思い出したのか、男の目に少し力が宿ったように見えた。男はサングラスを掛け、ベンチから腰を上げると、導かれるように大久保方面へつかつかと歩み始めた。その様子を遠くのビル陰から差し覗く者がいたが、男がその者の存在をうかがい知る術《すべ》はなかった。

第一章　バブロー

東京地方裁判所七〇六号法廷の傍聴席の木製の扉が開いた。

「毎日、自白事件の情状立証ばかりで退屈だな」

法廷から出てきた数人の若い男のうちの一人が思わず愚痴をこぼした。

男らはスリムフィットのスーツに身を包んで、スーツの襟元には三色に彩《いろど》られた三つ葉の形をしたバッジを着けている。髪型は十分な手入れがなされ、ツーブロックにしている者もいる。数人はイタリアンタイプのロングノーズのシューズを履いており、その中の一人はネクタイをトリニティーノットに結んでいる。このまま渋谷のクラブの店頭に立たせたいほどだ。中に女性が一人混じっているが、服装や髪型にこだわりがないのか、周囲の男から浮き上がっている。

ほどなく、関係者専用扉から法服を身にまとった男が出てきた。スーツ姿の男らは一斉に直立不動になって深々とお辞儀をしたあと、法服の男が視界から消え去るのを待って、男らのうちの一人が会話を切り出した。

「さっきの窃盗事件の弁護人が情状証人として請求したのは被告人の元雇用先の社長でしたね」

「配偶者は死に別れていない。兄弟はいなかったか。断ったのか。弁護人が社長に拝み倒して出廷させたんじゃないのか。再雇用するなんて話は被告人の年齢から考えれば、その場しのぎで怪しいもんだが」

「親兄弟や配偶者、それに今日みたいな第三者にしても、『被告人は、今後、私が責任を持って更生させます』って滂沱《ぼうだ》して裁判官に訴える茶番もそろそろ見飽きましたね」

「ああ、今日も俺たち司法修習生のほかは傍聴人二人だけだったしな」

「中年男のほうはいかにもって感じの傍聴マニアでしたね」

「あれは十五時から始まる強制性交等の罪の否認事件までの時間潰しだろう」

「まともに話も聞かず、腰に巻いたポーチから扇子を取り出してあおいでいるのを裁判官に見とがめられていましたよ。温暖化防止を理由にした電力の節約で法廷もエアコンが十分に効いていないから仕方がないと思いますが、裁判官も法廷秩序に厳しいですね」

その時、傍聴席の扉が開いて、知的な感じのする色白の若い女が出てきた。

「あの女性は確か先週も見たよ」

修習生の男の一人が女に視線を送りながら、ちいさな声で言った。

「傍聴マニアには見えないな。熱心にメモを取っていたところからすれば法科大学院の学生じゃないのか？」

「司法修習生やロースクール生みたいなのが傍聴していると、裁判官も気を利かせて、冒頭手続《ぼうとうてつづき》を丁寧にやってくれますしね」

「さっきみたいな高齢者の万引きが増えている。彼らのような微罪は一回の審理で結審だ。刑事裁判の流れはそれで一通り分かるから、法科大学院生には模擬法廷の代わりになるだろう」

色白の女は扉から出ると、彼ら修習生に関心を示すこともなく、傍聴整理券が入った箱を持って走る裁判所事務官の後を追って、足早に裁判所の出入り口へ向かった。

女が裁判所を後にするのを見届けると、さきほどの修習生の男が再び話し始めた。

「有罪率が99・9％といったところで刑事裁判の九割は自白事件だ。だから、刑事弁護士が普段求められる使命といえば、自白事件の情状立証で執行猶予を勝ち取ること。もちろん執行猶予がつく罪に限るけどな。俺は刑事弁護士はご免だね」

「何色にも染まらないってことで黒色はいいんだけど、作務衣《さむえ》みたいなダブダブのあの法服のデザインは何とかならないのかな。俺は裁判官はご免だ」

黒色のスリムフィットスーツに身を包んだ修習生が言った。

「イギリスの刑事裁判官は未だに中世みたいな巻き髪のカツラをかぶっているって話だ。それに比べたら作務衣にネクタイのほうがマシだろ。まあ、おまえの成績だと裁判所からお呼びが掛かることはないから安心しろ」

髪型をツーブロックで整えた修習生が皮肉をこめて言うと小さな笑い声がおきた。

「俺はスタイルより給料のほうがダントツ気になる。裁判官の給料も他の公務員と同じく最近減らされている」

「えっ、本当か！　裁判官の報酬は憲法で保障されているはずだろう。それは憲法違反じゃないのか？」

トリニティーノットの修習生が口をとがらせた。

「おまえ、いつまで青臭いロースクール気分でやってんだ。確かに、憲法の文言には反する。ただ、憲法の番人の最高裁判所が憲法違反じゃないって言ってるんだから憲法違反じゃないんだよ。下級裁判所の裁判官も表向き何一つ文句は言っていない」

茶系のロングノーズの靴をはいた修習生が、周囲を気にするように声を潜《ひそ》ませた。

「いつも風呂敷で書類を抱えている検事はどうなんだ。法服よりあっちの方がダサくねーか。三上、おまえは確か検察官志望だったよな。何かトリビアあるのかよ？」

「おい、三上にあんまりからまないほうがいいぞ。おまえと三上じゃレベチだ。この先、白表紙《しらびょうし》の起案文書の横流しをお願いできなくなるぞ」

「……」

男らから三上と呼ばれた地味目の女性修習生は終始黙っていた。

「今日は、いつもよりもまた数が多いなあ」

Ｋ警察署留置係の係官はそう言うと、当直担当の同僚に接見記録を渡した。

「そうなんですよ。今日も大勢来ています」

「毎日、性懲りもなくよく来るな。接見は表向きで実態は営業だろ」

「しょうがないですよ。最近は弁護士の数が増えすぎて、一方で、訴訟の数は減っています。弁護人の被疑者に接見する権利はもちろん、これから弁護人になろうとする弁護士の被疑者に接見する権利も法律で守られていますから」

「まあ、そうだが。それにしても多いな」

留置係の係官は呆れ顔だ。

「国選にもあぶれるので、接見を口実に私選弁護を直談判にくる弁護士が多いんです。護送車に同乗しようとする弁護士もいる始末です」

「どっちが助けてもらっているか分からないな」

「どっちもどっちじゃないですか。私選弁護料も国選並みにするみたいですよ」

「彼らは仕事もないくせにプライドだけは高いから扱いづらいよな」

「ちょっと手続きが遅れるとすぐ国賠《こくばい》だとか騒ぎ出しますからね」

「それから彼らは、未だに留置場のことを代用監獄だとか、冤罪の温床《おんしょう》だとか、俺たちの職場をディスっている」

「冤罪は有罪判決から始まるのに、自身の弁護能力を棚に上げて、冤罪を晴らした時だけ手柄にするのは違和感しかないですね」

「まあ、俺たちは大人だ。彼らの相手も俺らの仕事だから、そこは割り切ってやるか」

「そうですね」

同僚は小さくうなずいて渡された接見記録のバインダーを小脇に挟んだ。


警察署の三階にある待合のパイプ椅子に鎮座していた弁護士は、係官から呼ばれると鉄扉を開けて接見室に入った。椅子がまだ生温かい。蒸し暑い室内と少しの異臭は長時間待たされた挙げ句、喉の渇きにつながったが、鞄からペットボトルを取り出す間もなく、正面の内扉が開かれ、大柄な男が係官とともにぬらりと現れた。

接見室は戒護上の理由から開口部はなく、空間を遮蔽するアクリル板は二重になっていて蛍光灯の明かりを不規則に反射させる。アクリル板の中央には声が通るように小さな穴がぽつりぽつりと開いているが、この穴から物の受け渡しができないように、二枚のアクリル板の穴は少しずつずらして配置されており、そのぶん声の通りは悪い。

大柄な男が正面のパイプ椅子に腰を掛けると、弁護士は、待ってましたとばかりにパイプ椅子から腰を浮かした。薄暗がりで、男の顔がよほど見づらいのか、アクリル板に顔をこすりつけそうな体勢で、顔写真が刷られた名刺を示して、少し声を張って切り出した。

「弁護士の土田です。今回は大変でしたね。あなたの力になりたいと思っています。まずは、被害者の方と早急に示談をまとめて、裁判所に減刑嘆願書を出してもらいましょう。任せてください」

大柄の男は黙って聞いていたが、土田の顔を見てから、その襟元に目を移して口を開いた。

「近い近い。ほんで兄ちゃん、何ぬかしてんねん。示談とか言うてるけど、ワシの被疑事実は殺人やで。どうやって被害者と示談すんねん。アホちゃうか。ほんでワシは冤罪や。兄ちゃん、顔は老けとる割にバッジは金ピカやんか。悪いことは言わへん。とっとと出直したほうがええわ」

大柄の男はドスの利いた関西弁で、辟易した口調で言った。

「えっ、殺人！　いや、あなたが言うとおり、私は年齢の割に経験は浅いですが、必ず無罪を勝ち取って……」

土田は、しどろもどろになった。

「力になりたいんやったら、今度来るときは煙草を差し入れてな」

男は土田の言葉を待たずにドアの向こう側に下がった係官に、

「おーい、四人目終わったで」と大声を掛けた。

すると、内扉はさっと開いて、大柄な男は足早に扉の向こうに去っていった。土田も仕方なく接見室を後にすると、退室を告げるブザーがK警察署の三階に鳴り響いた。


「今日もボウズか」

土田は、自嘲気味に漏らすとロースクールの先輩からもらった古びたメモをペットボトルとともに鞄の奥から取り出した。JR中央線で新宿駅まで戻ると、少し逡巡する様子を見せたが、水を口に含んで、意を決した表情で山手線に乗り換えた。

午後三時過ぎの山手線は比較的空いていたが、渋谷駅で白いブラウスを着た女子高生が大勢乗り込んできた。スマホがマストアイテムな彼女らは、画面操作の安定性を求めて、ほかの乗客を押しのけて皆一斉に空席を目指す。シルバーシートもお構いなしだ。恵比寿駅でも女子高生のグループが乗って来たが、すでに空席はなく、ドアの周辺で鞄を下ろし固まりになって、お世辞にも上品とは言えない言葉づかいで誰かの悪口で盛り上がり、まわりの乗客はみな顔をしかめた。

「あいつは顔を見ているだけで何か無性にムカつくのよね。ロープレの初期設定みたいな何の変哲もないキャラだと思わない？」

スクールカーストの頂点に君臨していそうな、やや大柄な茶髪の女子高生が、携帯扇風機の風に顔を晒《さら》して、大声で気炎を吐いた。

「ブスは倍うるさい」とは、悪言で有名なロースクールの実務家教員が放った、現役の検事とは思えないルッキズムなジョークだが、この時は、（なるほどな）と感心して、土田は車窓に流れる風景を眺めながら、目的の駅に到着するまで音楽も聴かずにワイヤレスイヤホンで耳を塞《ふさ》いだ。

先輩が走り書きでメモった場所は、五反田駅の西口を出て、山手線沿いの側道を北へ徒歩で三分ほどの薄汚れた四階建ての雑居ビルの中にあった。階段しかないビルを最上階まで上ると汗が顎《あご》を伝って所々めくれ上がったプラスチックタイルの床に滴《したた》った。耐震補強の鉄骨のブレースがはめ込まれた廊下の一番奥がその場所だ。

《職業紹介》と無造作に紙が貼られた木製扉をノックすると、扉にはめ込まれた小窓の曇りガラスに人影が映り、間もなく扉が開いて、愛想笑いを浮かべた女がテンプレートな台詞で土田を迎えた。

「いらっしゃいませ。お待ちしておりました。先生はこちらは初めてですか？」

女は土田の容姿と襟元のバッジを見比べた。

「えっ、いやはい」

（できれば世話にはなりたくなかった）

土田は心の中でつぶやいた。

「ご案内したエントリーシートはお持ちですか?」

「ああ、ここに」

土田は手提げ鞄から汗ばんだ手でシートを取り出し女に渡した。

「では、シートはお預かりします。中へ入って、こちらでお待ちください」

扉に近い小さく仕切られた空間に置かれたドーナツ型の丸椅子を示された。昨今、居酒屋でもお目に掛かることがない。室内に空調はないようで、窓は開放されているが、噴き出る汗は止まらない。山手線の電車の走行音が間近に聞こえる。

しばらくして責任者と覚しきアラフォーの女が現れて、土田が提出したエントリーシートを右手で丸めながら小テーブルを挟んで向こう側の丸椅子に座り、自らは名乗らず高飛車な感じで切り出した。

「先生、初顔ね」

アラフォー女は土田の顔をまじまじと見た。

「こちらで世話になった先輩に聞いて来ました」

「当然、うちの斡旋所の性格分かって来たのよね?」

「ええ、まあ」

「なら、詳しい説明は省くけど、まずうちの斡旋料だけど、着手金の全額。つまり、先生は訴訟に勝たないと一銭も手に残らないってわけよ」

「その料金体系も聞いています」

「あと、先生、此処《ここ》に来る意味は分かってるわよね。弁護士法や弁護士の職務規程は仕事の有償斡旋を禁じてる。つまり、先生は弁護士会の懲戒の対象になるってわけ。監督官庁のない弁護士が、何よりも怖いのが弁護士会の懲戒。その覚悟はあるのよね」

「えっ、えーはい。それも分かっています」

先輩から、「斡旋所の責任者はまったく愛想がない」と聞かされていたが、それはオブラートで何重にも包まれた無責任な感想だと、土田はこのあと悟ることになる。

「同じようなことは、マッチングサイトでもやっている。ただ、あちらはおとがめなし。どうしてかしらね。もっとも、先生のようなバ・ブ・ローは、マッチングサイトでも相手にされないでしょうけど」

女は、ワインレッドのルージュをひいた厚くない唇をゆっくり動かし、聞き慣れない単語を切れ切れに発音した。

「バブロー？　何ですかそれは」

土田は怪訝《けげん》な顔をした。

「あれ！　先生ご自身の立ち位置が分かっていないんだ。なら、教えてあげる。現在の司法試験の合格者は千五百人。あたまの二百人は裁判官や検事に任官。次の三百人は五大ファームを始めとする大手の事務所に就職して立派な給料。続く五百人は司法修習先の比較的大きな事務所やイソ弁となってそれなりの給料。そして残りの五百人は、当面は過払利息返還専門の事務所やボス弁一人の事務所に就職して、その後は独立まっしぐらね。弁護士白書によれば平成十八年には千二百万円だった弁護士の所得が昨年の発表だとほぼ半減している。コスパが悪くてロースクールの志望者数も、制度発足当初の一割にまで落ち込んだ。まあ、それでも難関には違いないのでしょうけど？」

アラフォー女は、デコルテが大きく開いた薄手のニットを身に着けていて、胸元には大中小のダイヤが埋め込まれたネックレスが輝いている。

（オフィス環境は酷《ひど》いもんで、この女のネックレスのデザインも古いが、こちらの斡旋業は随分コスパがよさそうだ）

土田は電車の走行音に紛れるアラフォー女の話を聞いていた。まだ続きがあるようだ。

「ただ、千五百人は平成元年の合格者数の三倍に上《のぼ》る。どうして、そんなに増えちゃったのかは知らないけど、ここ数年、合格者をもっと減らすべきとの各弁護士会会長の声明文が次々と出されている。そこへ持って来て、こちらのエントリーシートに書いてある先生の修習期だけど、この期の合格者は現在の二倍近い、三千人に迫る大安売り。司法試験に何年もはね返されてきた受験生がこの年に大量に受かった。だから、うちの斡旋所でこの修習期の先生は、バブル入社組のローヤーっていう意味でバブローって呼んでるの。いまだにこんなところで仕事を探していることからすれば、先生も三千番に近いノキ弁じゃないの？」

アラフォー女は乾いた笑みを浮かべた。

（指輪はしていないから独身なのか。この口振りでは無理もない。リップやネイルの色も好みじゃないな。バブローって、そういうことか。イチローみたいで格好いいのか？）

土田はアラフォー女を眺めながら色々と思いを巡らせた。

（この口を塞《ふさ》ぐにはどうすればいいのか？）

「おまけに先生は合格年次と修習期がズレている。司法試験に受かってから司法修習に入らず博士課程に行く者もいるから、若い人ならそれほど珍しくないけど、先生の年齢だと一刻も早くサムライになりたいはず。と言うことは、二回試験に落第した落ちこぼれかな？　間違っていたらごめんなさい」

女のまなざしはあからさまに侮蔑に満ちていた。

（俺が落ちこぼれのロートルなら、おまえは行き遅れのS女か？）

土田は席を蹴って悪態をつくことも考えた。

だが、女の弁舌は的を射ていた。

土田は大学在学中から司法試験を目指したが八度失敗した。先に合格した大学の後輩からは、やがて、「土多先輩、頑張れ」と揶揄されるようになった。一度は法曹を諦めて実家のある福島に戻って役場に就職し、係長になった頃、新司法試験が始まった。土田が再起を期して合格した年次は、司法改革の余波で過去最多の合格者が出た。年間合格者が五百人時代のベテラン弁護士は、「一点差で泣いた学友の顔が浮かぶ」と嘆息した。

土田は二千九百番台。しかも、全体の二、三パーセントしか落第しない司法修習の修了考試、いわゆる二回試験に二年続けて落第した。三度落ちたら法曹にはなれない。落ちこぼれと言われても仕方がない。

「まあ、そんなところかも知れません」

土田はあっさりと応じた。

「ところで仕事の斡旋なんだけど、幸か不幸か、うちにも今のところ先生に回す事件はないわ。どうせM&Aとか知的財産とか複雑な事件は頭がお疲れ様でしょ。そのうち簡単な一般民事とか離婚事件の依頼がきたらまわすから携帯電話の電話番号だけ置いて引き取って。まあ今日のところは懲戒を免れたってわけね」

「分かりました。連絡を待ってます」

「はいはい。先生、退廷退廷」
アラフォー女は、厄介払いをするかのように廊下まで土田の背中を押し出し、真鍮の丸ノブを後ろ手で引いて木製扉を乱暴に閉めた。

真夏の夜半、都心を襲った突然の豪雨は道路を激しく叩いた。十分な湿気を蓄えた空気は急激に冷やされ、微粒の水泡となって浮遊し、建物の屋根にはじかれた水滴とない交ぜになって周囲をベールに包み込んだ。
行き止まり道路の突き当たりに佇む、老朽化した洋館一階の木製扉がはじけるように開放されると、若い女が蒼白の形相で飛び出した。服ははだけ、顔から肩口全体を染めた赤い液体は、はげしい雨に叩きつけられると、みるみるうちに流れ落ち、側溝に吸い込まれた。女が飛び出した洋館の扉の奥から咆吼《ほうこう》にも似たうなり声が聞こえた。女は一切振り向かず、裸足で道路を真っ直ぐ駆け抜けて、ベールの彼方《かなた》にかき消えた。

山城は警視庁の前に立っていた。いつものヨレたスーツ姿ではなく、きっちり折り目のついた制服を着て、制帽を小脇に抱えている。もちろんランニングシューズではなくピカピカの革靴だ。とても凜々しい。

警視庁の正面玄関からバッジを見せて一階の保安ゲートを通過すると会場へ向かった。指定された階でエレベーターを下りて右へ曲がると、小部屋の入口に《受験者控え室》の立て札がある。小部屋に入るとホワイトボードに、「着座して名前が呼ばれるまで待つよう」との指示が書いてある。小部屋には数人の同じく制服姿の警官が座って順番を待っている。階級章からすればみんな巡査部長のようだが、同年代もいれば年配に見える者もいる。山城は一番端に座った。

二十分置きくらいに二、三人ずつが呼ばれて、やがて山城の順番が来た。

「山城巡査部長、二番の面接室へ入ってください」

係官がボードを持ちながら小部屋の入口で山城を呼んだ。

山城は制帽を被って面接室へ向かい、面接室の前で制帽を脱いで左手に持ち、右手で扉を三回ノックした。

扉の内側から、「どうぞ」の声が掛かった。

山城は扉を開けて室内に入り、「失礼します」と言うと、扉を右手で閉めた後、左手に持った帽子のつばの部分を右手で持ち直して、一度静体してから上半身を十五度前傾させて三秒で戻った。

中央に着座した面接官が答礼した後、「名前と所属、階級をお願いします」と言った。

「はい、山城総司《やましろそうじ》。所属は新宿警察署刑事課。階級は巡査部長です」

山城は、はきはきした口調で答えた。

「では座ってください」

面接官が着座を促した。

山城は、面接官が座る長机の三メートル程度前に置かれたパイプ椅子に歩み、再び、「失礼します」と言うと腰を掛けて背筋を伸ばした。

面接官は三人だ。中央に座っている警視正は昨年も見た顔で山城は少しホッとした。ただ左側の警視と右側の警部は初めて見る顔だ。

先ず、左側の警視が口を開いた。

「山城巡査部長、これから警部補昇任試験の面接を始める。最初は私から質問する」

「はい」

警視は、中央の警視正より年長に見える。おそらく、ノンキャリアのたたき上げだ。警視の三白眼から放たれる人を射るような視線と凄みの利いた低音の声は、強面《こわもて》の顔貌と相まって、正対する者を慄然とさせる迫力があった。今まで幾人もの頑強な被疑者の口を割らせてきたに違いない。

山城は大きな声で返答すると、その目は見ずに、警視のネクタイの結び目に視線と神経を集中させた。

低音の声が飛んできた。

「捜査の意義は？」

「はい、捜査とは、捜査機関が、犯罪があると思料するとき、公訴の提起及びその遂行のため、犯人及び証拠を発見、収集、保全する手続きです」

「捜査の原則は？」

「はい、捜査は、原則として任意捜査により行い、強制捜査は必要のある場合に限るべきと考えます」

「必要のある場合の判断基準は？」

「はい、事件の性質そのほか諸般の事情を勘案して、最も有効かつ適切に捜査の目的が達成できるかどうかで判断すべきと考えます」

山城は矢継ぎ早の質問に落ち着いた表情で返答する。警視の質問は続く。

「任意捜査と強制捜査の典型例は？」

「はい、実況見分は任意捜査。現場検証は強制捜査です」

「では、捜査の端緒をできるだけ上げなさい」

「はい、現行犯人の発見、変死体の検視、告訴、告発、請求、自首、職務質問、自動車検問、被害の申告、マスコミの報道などです」

「職務質問の内容と根拠条文は？」

「はい、警察官は異常な挙動その他周囲の事情から合理的に判断して、何らかの犯罪を犯し、若しくは犯そうとしていると疑うに足りる相当な理由のある者、又は既に行われた犯罪について、若しくは犯罪が行われようとしていることについて、知っていると認められる者を停止させて質問することができる。根拠条文は警察官職務執行法第二条一項です」

山城のはきはきした返答に変化はない。職務質問は、警察官のいろはの〝い〟であるが、これほど正確に要件を答えられる者は少ないと警視は感心した。

「よろしい」

警視は、笑みに満たない表情で口角を少し上げて、いったん質問を切り上げた。

「では、私から質問します」

面接官席の中央に座った警視正は穏やかな口調で山城に語り掛けた。

「警察官の階級と逮捕についてお聞きします。あなたが、仮に警部補に昇任したとして、裁判所に対して逮捕状の請求はできますか？」

「警察官の職能は、巡査部長以上の司法警察員と巡査及び巡査長である司法巡査で異なります。逮捕状の請求は、司法警察員の職能です。しかし、逮捕については被疑者の身体の拘束を伴うという重大性に鑑み、法は司法警察員の中でも警部以上の者に令状の請求を限定しています。したがって警部補は逮捕状の請求はできません」

「例外はありますか？」

「はい、緊急逮捕に伴う逮捕状の請求には、このような限定がありません。それは緊急逮捕の性質に基づき一刻も早く司法審査を受けさせるべきとの趣旨と思われます。したがって、司法警察員であれば請求が可能です。警部補も請求ができます」

返答する山城の表情は自信にあふれている。

「被疑者の取り調べについて階級による限定はありますか？」

「はい、そこは逮捕を伴うかどうかで異なると考えます。巡査や巡査長は、逮捕後、被疑者の身柄を巡査部長以上の者に引致《いんち》しなければならないため、必然的に被疑者の取り調べはできません。ただし、身柄の拘束を伴わない任意の事情聴取や聞き込みには、このような限定はありませんので、巡査や巡査長でも可能です」

山城の返答を聞いて右側の警部の顔が紅潮してややうつむいた。逮捕した被疑者の取り調べを巡査や巡査長に任せていた自身の誤りに今しがた気づいた様子だ。

警視正の質問はなお続く。

「被疑者の取り調べで、特に心掛けていることがあれば述べてください」

「被疑者は、第三者を巻き込み、共犯に仕立て上げることがあります。そのようなひ、っ、ぱ、り、こ、みの供述については、その信憑性《しんぴょうせい》について、特に留意します」

共犯を増やせば、自身の罪が軽くなると思うのが、犯罪者心理のようである。ひっぱりこみの供述は、共犯事件では、たびたび見られるため特に注意が必要だ。

「分かりました。私からの質問は以上です」

（ここまでは完璧な応答だ。上司の勤務評定も申し分がない。手元にある検挙実績から考えても、一介の巡査部長で置いておくにはもったいない）

警視正は感心したが、昨年のことを思い出して不安がよぎった。

「次は、私から質問する」

右側の警部が山城に声を掛けた。警部は合田係長と同じくらいの年格好で、丸みを帯びた顔つきも似ていた。さきほど恥をかかされた仕返しでもなかろうが、警部は山城を睨《ね》めつけた。

山城は冷静にこれまでと同じく警部のネクタイの結び目に視線と神経を集中した。

「捜査の基本は何か？」

「はい、聞き込み捜査です」

「聞き込み捜査とはなにか？」

「はい、犯行前後の被疑者を始めとする関係者の行動を聴取により明らかにする捜査のことです」

その時、低音の声が再び飛んできた。

「聞き込みにおいて特に留意すべき点を上げよ」

警視が、警部の質問を深掘りして訊いた。

「はい、被疑者のプライバシーに最大限配慮し、断定的な発言は厳に慎むべきであると考えます」

警視の割り込みに、山城は視線が定まらなくなった。

「質問者に真っ直ぐ向かって答えなさい」

警部から叱責が飛び、山城の体が前後に揺れた。

「申しわけありません」

山城は視線が泳ぎ、声はかすれて、膝の上で軽く握った手が震え始めた。

「聞き込みについて部下にどのような指導を行っているか?」

再び警部が質問した。

「はい、部下に対しては、決して威圧的な態度は取らずに、任意の発言を求めるようにと……」

山城の口調に覇気がなくなった。警視は山城の異変に気づいたが、緊張のあまりと解釈して、身上に関する質問を山城にぶつけた。

「君は独身のようだが、刑事の結婚についてはどう思うのか?」

「はい、いえ……特に感想は……」

「不愉快な質問だったかな。では君の日頃の業務について質問する。最近、検挙した事件があれば、その概要について教えて欲しい」

「はい……」

山城の顔は青ざめて、額に大量の汗が光った。

「どうした。聞こえただろ?」

「……」

「おい山城巡査部長、ここに記録があるぞ。君が優秀な刑事であることは上司から報告が上がっている。手柄を聞かせてくれ」

警視は、警視正の手前、身上の質問の方法が悪かったのかと思い、少し慌てた。

中央に座った警視正は残念そうな顔をして、押し黙る山城を見つめていた。

週末の新宿西口思い出横町は、どこの飲み屋も大賑わいで、ビールケースで急造された小卓には酔客の笑い声と紫煙があふれていた。

その一角に山城と田崎の姿もあった。

「田崎さん、巡査部長昇任おめでとう!」

山城の一声で、二人はホッピーのグラスを鳴らした。二人で飲むときは、とりあえずホッピーだ。

「これで、田崎さんも晴れて弁解録取ができますね」

山城はグラスに一口つけて、くつろいだ表情で言った。

「ありがとうございます。田舎の両親が抱き合って喜んだって、妹から画像つきのメールが送られて来ました」

「そうですか、それは本当によかった。ただ、田崎さんのお父さんは腎臓癌で余命一年の宣告を受けたって、確か三年前に話を聞いた気がしますが?」

「主治医が言うには、まだ生きているのは奇跡的らしいです」

「それは違います。奇跡ではないですよ。臨床は統計学です。田崎さんのお父さんの生存は、その主治医の先生の頭の中にある臨床データからは予測できなかったって話。簡単に言えば誤診です。まあ、裁判にならないほうの誤診ですけど」

山城は普段は寡黙だが、酒が入るか、何かのタイミングで多弁になる。

「何だ、誤診だったんですか。でも、町内の自治会の活動にもとても熱心な本当にいい先生なんですよ」

田崎の発言は、いつもどこかズレている。少し噛み合わない会話に力が抜けて、山城にはそれが心地よい。

田崎の酒の肴は黒糖ドーナツだ。田崎が甘党だと知った店主が気を利かせて鶏の唐揚げと一緒に揚げる。店主の故郷の名物らしい。あまりに美味そうに田崎がほおばるので、この店の常連のＯＬ達にも知れるところとなって、店の裏メニューに追加された。

「ところで、山城さんは警部補の昇任試験を受けたのですか？」

田崎が口いっぱいにドーナツをほおばりながら訊いた。

「面接で落ちました」

山城は好物のしめさばに手を伸ばしながら短く応えた。

「そうですか。前から聞いてみたかったのですが、山城さんはコ、ク、イ、チに受かっているのに、どうしてキャリア採用枠で警察に入らなかったのですか。キャリア組なら警部補からスタートですよね」

「私が本庁の厄介者で、逆に、私が本庁の弱みを握っている。とかドラマチックな話ではなく、実は珍しくありません。確か、生活安全課の戸村係長もそうです」

「本当ですか！」

スイカの種のような田崎のつぶらな瞳がドーナツのように丸くなった。

「要するに、この仕事は好きだけど転勤は嫌いという職業人の普通の選択です」

山城はホッピーを一気に飲み干した。

「確かに、転勤先の警察官舎はどこも老朽化が進んで、特に、寒い地方の官舎は、すきま風がびゅんびゅん入って悲惨って話です」

田崎は両腕を交差して、二の腕をさするジェスチャーをした。

「それから、私大出のキャリア組は先が見えています。最後は、どこか地方の県警本部長になって、退職と同時に叙勲してサヨウナラ。そんな感じじゃないですか？」

山城はあっさりと言ってのけた。

「すみません。おやじさん日本酒一合を冷やでお願いします」

山城は店主に手を上げて、酒を追加で注文した。

「私大と言っても、僕のようなFランじゃなくて立派な大学ですよね。やっぱりアレですか？」

田崎は入学がフリーなほど偏差値が低い大学、俗称Fラン大の柔道部出身である。学生時代は右翼の大物と街宣車に乗っていた、なかなかの猛者だ。数年の交番勤務の後、柔道四段が買われて上司の推薦を得、〈刑事講習〉を受けて刑事になった。

田崎は新宿署へ赴任した時の署内報の自己紹介で、『巡査部長に桃戦』と書いた。やはりFランは駄目だと同僚は確信したが、ここ二、三年は、忙しい勤務の合間を縫って必死の思いで勉強し、この度めでたく巡査部長に昇任した。

一方の山城は難関私立大の出身で大学在学中は陸上部だった。千五百メートル障害の選手で一時は関東学生記録を残したこともある。ランニングシューズに対するこだわりが強いのは当然と言えば当然だ。四年生になった頃、実業団の陸上部から誘われて大手企業からお声が掛かった。それから学友の勧めで国家一種試験、いわゆるコクイチを受けて上位で合格した。

ただ、今は都庁周辺の早朝ランニングと署内の道場でのプライオメトリクスが日課の一介の刑事だ。趣味は漱石の愛読とロックを聴くことぐらいで、仕事とランニング以外で外に出ることといえば、《オアシス》に行く時くらいだ。

「私はこの街が好きです。《オアシス》もあるし、地方巡業はご免ですね」

山城は手酌で日本酒をお猪口《ちょこ》に注いだ。

《オアシス》は、新宿三丁目の地下にある山城がお気に入りのロック喫茶だ。薬物対策班長に教えてもらった。雇われ店長が冷蔵庫のくりぬいたチーズに大麻を隠してご用になったらしい。米軍空母が横須賀に帰港するたびに米兵が押し寄せてヘビーメタルの大音量で乱痴気騒ぎになる。

今時、DJがいて、客がリクエストした曲を流してくれる。山城は非番になれば店が空《す》いている時間を見計らって訪れ、ジャニス・ジョプリンやティー・レックスなどかなり古い曲をリクエストする。特に、エアロスミスのウォーク・ディス・ウェイは行くたびにリクエストする。この街の雰囲気にも、自分の生き方にも、マッチする曲だと山城は聴くたびに、体でリズムを取って、時に替え歌にして絶唱する。

「でも、田崎さんの言う、アレも関係していますよ」

山城は白状した。

アレは、山城が幼い頃から抱える社交不安障害である。原因はあまり解明されておらず、症状も人によりまちまちだ。山城の場合は、知っている人間や、知らない人間でも一対一であれば症状は出ない。ただ、知らない、それも多人数の前に出る場面に遭遇すると言葉が出づらくなったり、体がこわばったりする。季節にも左右される。チームスポーツに興味があったが陸上競技を選んだのはそのせいだ。それでも、多くの観客が集まるインカレでは全く成績が振るわなかった。

プレゼンテーションなど最も苦手だ。なので、民間企業には向かない。県警の捜査本部長など論外だ。いろいろ消去法で今の職に就いたが、理解のある上司と同僚に恵まれ満足している。コクイチの人物試験と巡査部長の面接試験はなんとか乗りきったが、警部補の面接試験にはかなり手間取っている。

ただ、成功や評価をイメージするから、それらを得られなかった時にダメージを受ける。何もイメージしなければ、物ごとは良くも悪くも、摂理に任せて目の前を静かに流れて行くだけだ。山城はことに当たって、何もイメージしないので、結果について気分が高揚することもなければ、意気消沈することもない。警部補の昇任試験も同じだ。

「夢をかなえた人間が人生の勝者とは限らない。夢を持たずとも、たゆまぬ努力ができる人間になれ。そうすれば他人を見くびることも、人生を誤ることもない」と山城の父親は年端もいかない息子に言い聞かせた。

対人関係が限られた分、読書から多くを学んだ。倒れそうになる我が身を、本に身を委ねて、なんとか支えていた、と言ったほうが正確かも知れない。人生は、自分が夢見るほどうまくは行かないが、自分が悲観するほど悪くもならないと、三十路《みそじ》を過ぎてようやく見えてきた。父親が言ったことも心にしみる歳になった。

中高生の頃は、修学旅行や体育祭などの催事に参加できないこともあり、いじめが酷かった。空が青いと気づいたのは大学に入ってからのような気がする。いつも人目をはばかって、幾度か深刻に死を意識したことがある。

自殺するなら、頭を開いて、割り箸で脳みそを撹拌《かくはん》する方法は痛みがなさそうだ。いや、むしろ爽快に死を迎えるかも知れない。自殺の死苦を緩和する方法。不穏な念慮が頭をもたげるたびに、山城は危ういルールを自らに課した。

（半年間は、どんなに悪口を叩かれようと、どんなに惨《みじ》めでも、なんとしても歯を食いしばって生きる）

ただ、頑張れるのもそれくらいが限界だ。

(半年後に同じ気持ちだったら、その時は死のう)

半年後に同じ気持ちだったことがないので、ルールが発動することもなく、今もこうして生きている。

生身の人間、体調や精神に何かしら不安を抱えて、それでもなんとか体を引きずって前に出るしかない。過去を嘆かず大望を抱かず、やや視線を落として、目の前の道をただ一心に進む。ウォーク・ディス・ウェイ、いなランニング・ディス・ウェイだ。

「山城さん、今日は終電まで飲みましょう」

「私は終電は関係ないですが」

翌日は二人とも当直がなかったので遅くまで飲み明かした。


その日は朝から真夏の日差しが容赦なく降り注ぎ、気温はすでに三十度を超えていた。行き止まり道路の突き当たりに建つ、老朽化した洋館の前には現場臨検の警察署員ら十数人が集まった。

JR山手線新大久保駅から直線距離で約三百メートルに位置する小規模な住宅や二階建てアパートが密集する地域だが、洋館は老朽化したとはいえ屋敷と呼ぶに相応《ふさわ》しい規模と佇まいを見せていた。

建物は東西約十五メートル、南北約二十メートルの長方形の総二階建て木造建物で、外壁にはラップサイディングが施工され、屋根は粘板岩を薄く方形に加工した板で上品なカーブを描いて葺かれている。一階南側壁面の概ね中心部の一メートル程度奥まった位置に建物の出入り口があって、観音扉にはモールディング装飾が施されており、門扉はなく、周辺の木造建物とは明らかに趣が異なる。

戦前に、大阪の商人によって六甲山に点在する洋館を模して、別荘兼アンティーク店舗として建てられたらしいが、戦後になってイトヘンの商いが落ちぶれて商人の手を離れ、バブル時には何回も所有者が変わり、やがて外国人の手に渡って、韓国ブームが去った後、地元の不動産ブローカーの所有となった。

将来の値上がり利益を目的とする不動産ブローカーの管理はきわめて杜撰《ずさん》で、時折浮浪者の寝床となっており、地区の自治会からは警察に対して巡回の申し入れが絶えないが、新宿区の空き家率は十パーセントを超えており警察も手が回らない。

山城は少し遅れてやってきて、車から降りた後、次々と指示を出した。

「この現場は困りましたね。犯罪捜査規範第八十八条。消防はまだ現場に入れないでください。それから野次馬を五十メートル下げさせてください。ここにもブルーシートが必要です。あなたはマスコミ対応をお願いします」

それから田崎らとそれぞれペットボトルを下げて洋館の中へ入った。それは同時に、この洋館で起きた事件の深淵をのぞく縁《ふち》に、山城が足を掛けた瞬間でもあった。

異臭のたちこめた洋館の一階は、出入り口から奥行き約六メートルまでの部分が店舗のような仕様となっている。いくつもの古びた展示台やガラスの陳列ケースが配置されていて、中央には大きな年代物の振り子時計が据え置かれている。中央のやや西寄りに、埃《ほこり》の積もった応接用の木製テーブルとその東側には商品棚が並んでいる。その周りには、多数のダンボール箱、雑誌などが無造作に置かれている。

山城らが、ゲソ痕消失防止用のビニールを被せた靴でそれらをまたぐと、足下には板張りのホールがあって、血がべったりシミのように張りつき、どす黒く変色していた。ホールの北西側には二階へ続くかね折れ階段があって、その階段からシミは続いている。しかも階段に近づくほど、やや赤みを帯びて、蹴上《けあげ》についた血は粘性を持って流動しているように見える。階段の折れ曲がった箇所に踊り場が造られていて、踊り場の中央には赤黒い斑紋がところどころに散らばった白い布が大きく広げられており、その中心は大きく盛り上がっていた。どうやらこの惨状の主は、先に入った鑑識によって白い布の下に覆い隠されたようだ。

山城と田崎は階段を上がると白い布を真ん中にして踊り場に屈んだ。山城は口と鼻をハンカチで覆いながら、南東側の頭と思われる方向から上半身が観察できる程度に白い布をめくると、大柄な男の死体がシャツを着た状態で仰向けに転がっていた。熱帯夜の死後変化でガスが発生しているのか死体は膨満して、より巨大化したように見える。顔面に血がこびりついていて年齢は分からない。男は白い布から飛び出た左足が、踊り場から二階へつながる階段の一段目に乗っかった体勢で息絶えていた。

「男の身元は分かりましたか？」

山城が先に臨場していた若い刑事に訊いた。

「この屋敷はもともと空き家で、この男は無断で寝泊まりしていたホームレスのようです。身元に繋がるようなものは何も所持していなくて、まだ名前も分かりません」

若い刑事が答えた。

田崎が、やや左側に傾いた男の頭部を指さして、

「山城さん、見てください。後頭部が陥没骨折しています」と言った。

男の頭部は血と脳漿《のうしょう》が混じり合った液体にぷかぷか浮かんでいるように見える。

「血の色が鮮やかです。動脈が傷ついたようです。状況から見れば、この階段から落ちて頭を打って、失血死した事故ですか？」

山城は屈み込んで、男の後頭部に顔を近づけて言った。

「班長、二階の洋室と付設するシャワールーム、それから廊下にも大量の血痕があります」

吉川と思われる大声が二階から聞こえた。その姿は見えない。

山城は死体の顔面にこびりついた血糊《ちのり》を剥がしながら、

「田崎さん、これを見てください。両目が潰れています。普通、階段から落ちて目が潰れますか？」

「先に目が見えなくなった後に階段を踏み外して落ちたんでしょうか。それとも突き落とされたか？」

「では、先に目が潰れた原因は何ですか？」

山城はペットボトルで水分を補給しながら不可解な顔をした。

「この目の周りの引っ掻いたような傷跡は何でしょうか？」

田崎も首をひねった。

山城は男の目の周りに顔を近づけ、それから、男のシャツを脱がして上半身を入念に観察した。そのあと、白い布を下半身が見えるところまで一気に剥ぎ取った。男は下半身には下着を着けていなかった。下腹部周辺を貪《むさぼ》っていた小蟲《こむし》は、いきなり暗闇を失ってちりぢりに大きな骸《むくろ》のうえを這い回った。

山城は少し考え込んだような素振りを見せた後、口を開いた。

「この遺体ですが、一見したところ打撃による外傷や打撲跡は顔面にも体にも見られません。体に見られる圧迫痕や擦過傷はおそらく階段からの落下の過程でできたものでしょう。ただ急所、このとおり下腹部はぐちゃぐちゃで、目もご覧のとおりです。おそらく、これをやったのは非力な男か女です。それらが確実に急所だけを狙っています」

「確かに、金的や眼球を正確に狙えば、力に劣る者でも大柄の男を倒せます。どちらのタマも鍛えられないですからね」田崎が応えた。

「鑑識が二階から害者以外と思われる髪の毛を押収したようで、女と思われる髪の毛もあるようです」もう一人の若い刑事が山城らの傍に来て報告した。

「女の方ですか?」山城が小声で言った。

「急所だけを確実に狙うってことは、護身術を身につけた女ですかね。この男は、そんなこととは知らずに、女を空き家に連れ込んだが、思わぬ反撃をくらった?」

田崎は自身の下腹部を押さえて、悶絶の表情を浮かべるジェスチャーをして言った。

「見てください。腕時計が潰れています。十一時四十分。二十七日」

「昨晩のことですね」

田崎が短く応えた。

「近所の聞き込みと、周辺の防犯カメラ映像を手に入れてください。あと、被害者の身元を割って遺族に連絡をお願いします。怨恨の線もないとはいえませんので、被害者の前《まえ》も洗ってください」

山城はその場で立ち上がり手袋をはずしながら田崎らに指示を出した。

三時間程度の現場臨検を終えて洋館から出た頃、てっぺんから降りそそぐ油照りの日差しが、梅の天日干しのように山城らの残りの水分を容赦なく絞り取った。携えたペットボトルは、とうに空になっていた。

翌週の日曜の昼下がり。山城は下北沢駅に近いコインパーキングに車を停めた。劇場に近い京王井の頭線の高架下をくぐると、単身者用のマンションが目に入った。マンションのエントランスに入って、オートロック操作盤に部屋番号を打ち込むと間もなく、「どうぞ」と無愛想な声が聞こえて、解錠された内ドアが自動で開いた。

《チーム》の中には休日にしか会えない者がいる。だが独身で、彼女もいない山城にはさし障りがない。

「あっ、それに触っちゃダメ！」

ＵＦＣのポスターを背負った男は、ペットのイグアナに餌のリンゴの切れ端をやりながら、フィギュアに触ろうとした山城をたしなめた。

「コナー・マクレガーのフィギュア。苦労して手に入れたんですよ。胸のタトゥーがリアルでしょ」

男は大切そうに、そのフィギュアをケース戸棚の一番上段の手の届きにくい所に置き直した。

山城は雑誌に埋もれた薄汚れたソファに腰掛けると、内ポケットから写真を撮りだして男に見せた。男は鶏ガラのような貧弱な体躯だが、いわゆる格闘オタクで、その方面にとても詳しい。男の名前は前澤拓哉《まえさわたくや》。もっとも、自身では格闘術マスターを名乗り、格闘オタクという呼称には敏感に反応する。なので、山城はこの男をマスターと呼ぶことにしている。

山城は、アレのため聞き込みに不安がある。一対一なら問題はないが、時に複数人になると言葉が出づらくなる。そんな山城に、その能力と人柄を知ってか、アレを補うために助力を申し出る人間が人づてに増えた。皮肉なことに、今となっては様々な分野の達人が揃って、《チーム》とまで言える人数になった。

ただ、捜査情報を一般人に漏らすのは違法行為だ。なので腕がよくても情報を生業《なりわい》にしている人間には頼らない。金によっていつ寝返るか分からないからだ。堅い仕事を持っている人間に限っている。マスターもその一人。平日は大手総合商社の中堅商社マンだ。

「これはクラヴマガの目潰しですよ」

マスターは机に置かれた写真の被害者の顔を見て即答した。

「クラヴマガって?」

「モサドの格闘術。正確には軍式護身術です」

「モサドってイスラエル軍の特殊部隊ですか」

「そう、クラヴマガはヘブライ語で接近戦闘術の意味です。中東戦争など戦時が絶えなかったイスラエルが発祥と言われています。人間の急所をシンプルかつ確実に狙うのがクラヴマガの特徴。イスラエルでは、女性も十八歳になれば二年間の兵役義務があります。なので、クラヴマガは女性でも短時間で修得ができるように様々な工夫がなされています。鍛錬に何年も掛けて、技と精神を磨く、日本の武道とはそもそも発想が違います。物騒な世の中なので、日本でも女性や芸人の間で流行《はや》っていますよ」

マスターは、リンゴの切れ端をもうひとつイグアナに与えた。

「ただ、護身術なら急所狙いはむしろ当たり前で、そのなんとかマガとは限らないのではないですか」

山城は、この格闘術の名称がどうも頭に入らない。

「仮に、山城さんが僕に目潰しする時はどうやってやりますか？」

「たぶんピースサインでこんな感じかな」

山城はソファから腰を浮かして、マスターの顔面めがけて二本指を突き立てた。

「二本指だと眼球を外して反撃される可能性があります。自身の指を痛める危険もある。戦下の究極の命のやりとりの中で失敗は許されません。そもそも、相手の目の位置を確認してからの攻撃は緩慢過ぎてアウトです。空手にもばら手と呼ばれる目潰し技がありますが、それは片手で顔をはたくように指を使うので傷跡はあまり残らない。この写真に写っている両眼の周辺には、それぞれ熊手みたいな傷跡があります。つまり両手の十本の指を全部使っている証拠です。十本あれば目潰しの確率は格段に上がります。なるべく顔の広い範囲を、しかも、次の戦闘に備えて、自身の指を痛めないように、指を丸めて上から下に引っ掻くよう攻撃する。これは実戦的なクラヴマガ独特の目潰しですよ。この指痕からすればこれをやったのは女です」

山城はマスターの返答を聞いて納得顔でソファに体を沈め、更に尋ねた。

「やはり女ですか。ところで、そのクラヴマガはどこで教えていますか?」

「都内に何箇所かあるけど、筋力トレーニングとエクササイズがメインで、ここまで教えるのは数箇所しかないですね。それとなく探ってみます」

「すみません。助かります」

山城は立ち去ろうとしてソファから腰を上げた。

「山城さん、待って。あとひとつ。十本の指を全部使っているってことは至近距離で男と対峙《たいじ》して両手が使えたってことです。それから、この傷跡からすれば、男は全く防御ができなかったようです」

「それが？」

マスターは山城の行く手を塞《ふさ》ぐように立ち上がった。

「女が、こうやって両手で反撃したとするならば、男の攻撃に対して女はどんな状態だったのか？」

マスターは両手を熊手《くまで》のように開いて山城の顔の前にかざした。

山城は少し考えて応えた。

「首を絞められていた？」

「そうです」

「そして女の首にはその痕が残っていて目印になる可能性がある」

「そういうことです」

この道のプロとして十分な情報提供ができた満足感が頭から体を介して四肢に充満し、マスターの貧弱な体躯が少し逞しく見えた。

「感謝します」

山城は、懐《ふところ》をもぞもぞさせると、ケース戸棚の横に置かれたテーブルの上にUFCのゲームソフトを置いた。

「あっ、それ欲しかったやつ。オークションにも出ていない。よく手に入りましたね」

マスターは早速ソフトに手を伸ばすと垂涎《すいぜん》のまなざしでソフトの表と裏を交互に眺めた。

「差し上げます。内緒です」

山城は小声で言うと玄関へ向かった。

「やったね」

マスターは小躍りした。

「山城さん、それから女を見つけたら、タマを最初に守ってくださいよ」

マスターはソフトを握りしめ、肩にイグアナを乗せて苦笑いで山城を見送った。

山城は下駄箱の上に貼られたＵＦＣのポスターにグータッチのポーズを見せてマンションを後にした。


つぎの日は夕方から空模様が一段とあやしくなった。鉛色の雲に覆われた空は今にも泣き出しそうだ。

山城は田崎とともに東京メトロ東池袋駅にほど近い、首都高速の脇に建つタイル貼りのビルの一階エントランスにいた。エントランスにはテナントの案内板が掲げられている。

「藪倉《やぶくら》ジムは五階です」

田崎が薄汚れた案内板を見て言った。マスターからメールで知らされたジムだ。

「結構。では、行きましょう」

足早に駅へ急ぐジャージ姿の若い男と入れ替わりに、二人は窮屈なエレベーターに乗り込んだ。

田崎は格闘技ジムの聞き込みとなれば自然に血が騒いで、すでに顔が上気している。

十数秒後、エレベーターの扉が開くと、いきなり眼前にフロアが広がった。

「いらっしゃいませ」

女性スタッフの明るい声が響いた。受付は一人だ。

山城は今風に言うと陰キャな佇まいだが、鼻筋が通り、顎のラインがシャープで、まつ毛が長い二重まぶたの相貌だ。受付の女は満面の笑みで来客を迎えた。

山城はカウンターに近づくと声を抑えて受付の女に手帳を見せた。

「お忙しいところすみません。警察の者です」

陰鬱な雰囲気をまとった端正な面立ちの青年。ただ、眼光は獲物を追う猟犬のそれだった。

受付の女は一転して戸惑いの表情を見せた。

「少しお聞きしたいのですが、このジムではクラヴマガという護身術を教えておられますね」

山城は警察手帳をヨレたスーツの内ポケットに仕舞いながら訊いた。

「はい、クラヴマガ専門のジムです」

（クラヴマガ。何度聞いても発してもどうもぎこちないな）

山城はそう思いながら質問を続けた。

「こちらには女性の会員がおられますか?」

「会員のおよそ半分は女性です」

女の肩幅は広く、ロゴの入ったノースリーブTシャツからむき出しになった上腕には十分な筋肉がついている。スタッフ用と思った首から提げた顔写真入りのネームプレートには会員証の文字があった。受付の女もその一人のようだ。

「そうですか。ではつかぬことを伺いますが、最近、怪我をされた女性の会員の方とかいますか?」

「まさか。当ジムは専属のトレーナーがマンツーマンで指導してますので、練習中の事故などありません」

受付の女は戸惑いの表情を超えて怪訝な顔をした。

「いえ練習中ではなく、おそらく外で事故に遭遇したとかなんですが……」

「お客様のプライバシーに関わることはジムのスタッフは知りませんし、仮に、知っていても申しあげられません」

少し訴えるような口調で女が言った。

「まあ、それはそうですね。分かりました。では、少し中に入って、練習風景を見学してもいいですか？」

山城は納得して見学を申し出た。

「見学は自由です。入り口はそっちです」

笑顔は消え、女は視線で入り口を指し、ぶっきらぼうに応えた。

鉄製のドアを開けて、薄暗い通路を十メートルほど行くと視界が開けて、汗の臭いと熱気が二人の刑事を覆った。道場は四十畳くらいの広さがあって、ウレタン製の薄いマットレスが全体に敷き詰められている。天井には仕上げ材がなく、ロックウールが吹きつけられた鉄骨と空調の配管や配線が剥き出しになっている。

十名前後の練習生がトレーナーと覚しき体格のいい男から、ほぼマンツーマンで指導を受けている。サンドバッグを蹴ったり殴ったりする鈍い音とトレーナーの発する熱賛の声が道場の随所から不規則に聞こえる。

田崎はすぐに一人の練習生に目を留めた。

「山城さん、あの女」

トレーナーを相手に熱心に蹴りの練習をしている女がいる。その蹴りは畑違いとはいえ、田崎から見てもかなりの切れ味だ。首には太めの黒いチョーカーが巻かれているが、汗にまみれており、かなり不自然で、田崎はそれが気になった。

しばらく練習の様子を見ていると、トレーナーは持ち込んだ鞄から黒色の尖った物を取り出し、両端を握りながら折り曲げて弾力を確認している。どうやら、樹脂製の模擬ナイフを用いた上級者向けの練習が始まるようだ。

トレーナーは女の目の前で数回模擬ナイフをちらつかせた後、左胸部の辺りを思い切り突いた。女は素早く半身になってナイフをかわすと、トレーナーのナイフを握った右手首を掴んで、手首ごと腕を少し持ち上げて、脇の下をくぐり抜けると、大きく体勢の崩れたトレーナーをそのまま後方へ投げ飛ばした。

警察学校で女性が志願する合気道の四方投げに似ているが、田崎もこれまでに見たことのない投げ技だ。受け身を取れない素人がまともにくらったら病院送りは間違いない。

「少し話を聞いてみましょう」

山城がそう言うと、二人は女が練習を終えるのを待つこととして、いったんホールに戻った。

田崎は再び受付カウンターへ向かった。

女は練習を終えると、シャワーを浴び、ロッカールームで着替えを済ませると道場の入り口の横に置かれた自動販売機でスポーツ飲料を買って水分を補給した。山城が田崎に目配せをしてホールから女に近づいた。

「あなた、手塚佐織《てづかさおり》さんですね。私は新宿署の田崎といいます」

田崎は女に手帳を控え目に見せて言葉を続けた。

「少しお聞きしたいことがあります」

「ええ、警察の方が何か？」

女は落ち着いた表情で田崎に応じた。

「あなたはこちらのジムにもう三年も通っておられるそうですね」

「まあ、それぐらいになるかな。でももっと長い人は沢山いますけど」

女はペットボトルをリュックに仕舞った。

「我々は、今、新大久保の洋館で起きた事件を捜査しています」

「ニュースで見ました。悲惨な事件ですね。ただ、それと私が何か？」

女の表情に変化は見られない。

「私たちは現場の状況から何らかの武術を体得している女性が関わっていると推測しています」

田崎は女の間合いに入らないよう、少し警戒した。

「ここのジムをはじめ、武術を習っている女性は世の中に沢山いるでしょうね」

「大変失礼ですが、先月二十七日に新大久保駅周辺に行かれたことはありませんか？」

「ありません」

女はきっぱりと言った。

「そうですか。最近、行かれたことはありますか?」

「それもありません」

「えー、分かりました。お疲れのところすみません。お帰りいただいて結構です」

二人のやりとりを聞いていた山城が田崎の後方から女に声を掛けた。

それを聞くと、女は山城らにリュックを担いだ背を向けて、足早にエレベーターの方へ向かった。

「山城さん、もう帰すんですか。この時期のジムの練習に、あの黒いチョーカーは明らかに怪しいですよ」田崎が小声で山城に訴えた。

そして田崎が、「任意の同行を」と語を継ごうとした時、山城は、「あの手塚さん」と声を掛けながら、去って行く女の後方に迫り、左手を伸ばして女の首のチョーカーに触れようとした。

気配を感じたのか、女はすっと左へ身を翻《ひるがえ》すと、山城の視界から消え、広くない通路の壁をクルクルとコマのように旋回して、またたく間に山城の後方へ回り込んだ。女は後ろから右手を伸ばして、その掌《てのひら》は山城の顔の前で大きく開かれ、左膝《ひざ》は山城の股間《こかん》のすんでのところで止まった。

後方で見ていた田崎には一連の素早い動きの後で、一瞬、時間が止まったようにも感じられた。

「何のつもりですか。刑事さん」

女は山城の耳元で怒気を含んだ言葉を発した後、田崎のほうにも大きく向き直って鋭い視線で威嚇した。その目は狂気を宿しているように田崎には見えた。

「失礼しました。仮に、暴漢があなたを襲ったらひとたまりもありませんね」

山城は苦笑いを浮かべて両手を上げた。

「ふざけないでください」

女は緊張を解いて、山城の顔面にかざした右手をやはりこの季節には似つかわしくないパーカーのポケットに仕舞うと、左手でリュックを深く担ぎ直してエレベーターは使わず非常階段を下りてジムを後にした。

「ふぅ」

田崎は大きなため息をついた。

山城は女が立ち去ったのを見届けると自身の左手首の辺りをまさぐり始めた。

「山城さん、何をしてるんですか？」

「これです」

田崎に左手首を見せた。

「腕時計に両面テープ。何ですか？」

「今の立ち回りで抜けた手塚佐織の髪の毛。少し細工をさせてもらいました。彼女のためでもあります」

見ると山城の腕時計のバンド部分には両面テープが巻かれていて、そこには毛髪が二、三本張りついていた。女が山城の左手から逃れようと身を翻《ひるがえ》した時に、セミロングの髪の毛が山城の左手に絡みついたようだ。

「自然脱落した髪の毛はＤＮＡ鑑定が困難です。これを現場で見つかった女の髪の毛のＤＮＡと照合してください」

山城は丁寧に髪の毛をほどくと、小さなビニール袋に入れて田崎に渡した。

女は馬乗りになった男に対して両手を交互に突き出し、あるいは腰を跳ね上げようとしたが、やがて女の首にかかった男の腕に一層力が入ると、女の顔はうっ血し鼻血が出た。それは男の顔から滴《したた》り落ちる血と混じり合って女の顔を真っ赤に染めた。

やがて抵抗していた両手は力なくだらりと垂れ下がり女の意識は暗い闇に落ちて、その躰はピクリとも動かなくなった。

とっくに待ち合わせの時間は過ぎていた。土田はセンチュリーホテルの一階ロビーの奥にある喫茶室に置かれたクッションのよいソファに腰掛けるなり、申しわけなさそうに、すでにコーヒーを飲み干した若い女に切り出した

「遅れてごめん。弁護士会の無料相談会が押したんだ」

「待ちくたびれた。無料相談会って毎週足しげく通ってない。それで、何か受任につながりそうな相談はあったの？」

「それがまた空振り。この数ケ月まともな仕事はなし。それで先週、先輩に教えてもらった例の斡旋所へ行ったんだ」

「えっ！　本当にあの斡旋所を使ったの。懲戒処分を受けちゃうよ。下手をすると刑事罰だし」

「しょうがないだろ。俺は三上みたいに任官の見込みがない落ちこぼれだし、これからも弁護士会の高い会費を払っていかないとならない」

土田は息を切らして顔をしかめた。

「あれっ！　それにしても三上なんか雰囲気が変わったな」

土田はしげしげと三上を見た。

「やっぱり言われた。美容師の姉が全国規模のコンテストを控えて、変身なんとかって言って、髪型やら服装やらをこねくり回してくれたわ」

三上はまわりの視線が気になってどうも落ち着かない様子だ。

三上温子《みかみあつこ》は土田より二十歳近く若いが同じロースクールを卒業した。四年後輩であるため大学院では会う機会がなかったが、ホームカミングデイで知り合った。

温子は、司法試験を百番以内で一発合格した検察官志望の堅物の司法修習生だ。もともと可愛い顔立ちだが、服装や髪型に無関心で、化粧っ気も余りなく、男っ気は全くなかった。ただ、美容師の姉のお陰か、随分垢《あか》抜けて、今のままで地下アイドルなら、サイリウムが光る中、十分センターを張れそうな仕上がりだ。検事に任官して公判部に配属されれば、傍聴オタクの推しメンリストに上がるのは間違いない。

土田とは所属ゼミや好みの曲のジャンルが同じであったことなどから比較的気が合った。そして温子は堅物の反動か、自他共に認める枯れ専女子である。包容力のある四十歳以上の中年男性が好物だ。ところが、土田は中年だが包容力もお金もない。おまけに相談ごとと愚痴ばかりだ。でもほっとけない。

（母性本能の強い枯れ専なのかな？）

温子は自問するが答えは見つからない。

「それで斡旋所から何か仕事の紹介はあったの？」

「あんたみたいな落ちこぼれ弁護士にまわす事件はないとさ。凹むよな」

土田は喫茶室のテーブルにうなだれた。

「よかったんじゃない。懲戒にならなくて」

温子はホッとした表情だ。とても可愛い。

「ところで本題だけど、ロースクールで実務家教員だった宮本検事って、三上の時にもまだいたよな。紀要《きよう》の研究発表で、〈マッチ売りの少女は本当は客を引くために街角に立っていた〉って独りよがりの暴論をやらかして、研究科長の大ひんしゅくを買った先生だ」

「うん、覚えてる。油分の足りない年配の先生にありがちだけど、定期試験の答案を配る際に、三枚に一枚くらいの割合で唾をつけてめくってたわよね。指跡がついていたら当たりって、女子学生はドン引きしてたわ。私は仕草が可愛い初老のオジさんって感じで嫌いじゃなかったけど。

その宮本先生がどうかした？」

「検事を退官して、今度、弁護士事務所を開くって聞いた」

「それは私も聞いてるわ」

「俺はこの不安定な生活にケリをつけたい。安月給でもいいから、どこかの事務所に入りたい」

温子は合点がいった。

「宮本先生の事務所のイソ弁になりたい。検察志望のおまえなら、何かつながりはないのかってわけね。どうせまた相談ごととは思ってやって来たけど、でもその選択はあまりお勧めしないわ」

温子は気のない返事で応じた。

「どうして？」

「あなたは検事の世界がよく分かってないみたい」

「ほー、なら聞かせてくれるか」

土田はコーヒーをすすった。

「検事ってつぶしが利かないの。だって司法修習を終えてから当然だけど刑事事件ばかり毎日やっているわけでしょ。だから民事はちんぷんかんぷん。そんな弁護士って需要があると思う?」

「言われてみればそうだな。民訴を知らない弁護士に民事裁判はできない」

「まあ、刑事専門の弁護士って道がないわけじゃないけど、本当にお金にならない」

「へー、そんなもんか」

土田はコーヒーに砂糖を足した。

「もっとも高検の次席検事級の退官なら、政治家から引く手あまたで、場合によっては反社会的勢力からもお声が掛かるでしょうけど、宮本先生は地検の三席検事で退官。弁護士に転じても、ご自身が食べて行くだけで精一杯でしょうね」

「俺みたいだな」

土田は苦笑いとも同情ともつかない顔をした。

「検事は退官したら公証人になるパターンが多いの。宮本先生も、それを当てにしていたみたいだけど空席が出なかった。人生百年時代は最後まで競争時代かもね?」

「あんまり明るい老後は待ってないみたいだな。なら、三上はどうして検察官を志望するんだ？」

「私は中学校からずっと体育会系だったから、やっぱり検察のノリが一番肌に合っている。上下関係は警察よりもずっと厳しい。あとは、秋霜烈日《しゅうそうれつじつ》かな。秋の冷たい霜や夏の暑い日差しのように、刑罰は万人に対して平等に適用されなければならない。うん、イケてる」

温子はご満悦で、姉仕込みの変身が板についてきたようにも見える。

「それと、訊かれたから言うけど、私は弁護士が嫌い」

温子の表情が急に険しくなった。

「嫌い？」

土田は眉をひそめた。

「そう、嫌い。私から見れば、弁護士は馴れ合ってる。アンフェアなの」

「現役の弁護士を目の前にして穏やかじゃないな。弁護修習中にセクハラにでも遭ったのか？」

土田は体中を触られるジェスチャーを見せた。

「茶化す前に、この問いに答えられる。医者の過失は裁判でたびたび争われるのに、弁護士の過失が裁判で争われたのは聞いたことがない。どうして？」

「そりゃ弁護士は裁判に勝つために努力はするが、勝訴を保証してやってるわけじゃない。委任契約の債務の本旨は手段債務だからな」

土田は少し返答に窮したが、専門用語も交えてなんとか答えた。

「手段債務は医療契約も同じ。決して手術の成功を保証しているわけじゃない。でも、もし手術に失敗すれば裁判を起こされて、医者は、弁護士に過失を散々ほじくり返され、場合によっては億単位の賠償を請求される。なら、弁護士が、依頼者の何百万、何千万もの損害を回避することに失敗したら、或いは、本来とれるはずだった損害賠償金が減額されたら、その訴訟遂行の過失がほじくり返されてもいいはず。専門医制度を取っている医師でさえ過失が生ずるのに、法律全般をフィールドにしている弁護士に過失が起きないはずがない。実際、ロースクールやインターンシップ、弁護修習で知識がいい加減な弁護士は山ほどいたわ。過失を犯しても、ペナルティーを受けずに、彼らが安穏とバッジを着けていられるのは、弁護士の過失をほじくる弁護士がいないだけ。仕事に困っているあなたでさえ弁護士を訴える仕事は、さすがに受けないわよね。まさに馴れ合い。どう、こんな状況ってアンフェアじゃない。冤罪にしたって、検察や警察ばっかりが責められるけど、細部に宿った真実を見逃した弁護人はしれーっとしている。あと……」

「まだあるのか。もうご馳走さまだぞ」

土田は一層しかめっ面になった。

「まだある。最近流行っている第三者委員会。大企業や学校法人で不祥事が起きれば弁護士を中心に編成されて、弁護士法人にとっても訴訟の減少を埋める大きな収入源になっている。でも第三者は名ばかりで、一定の非難声明や事実関係は明らかにするけど、刑事告発など法的責任の追及には踏み込まない。報酬を出してくれる法人を過度には追い詰めない。ここでも馴れ合いの精神。私が弁護士を志望しない理由が分かった?」

温子は完全にデトックスが終わったようで元の可愛い表情に戻った。切れ味のよさは、いつも通り新品のカミソリのようで、土田はコーヒー一杯飲む間に満身創痍《まんしんそうい》になった。

その時、温子の携帯電話にメールの着信があった。

「あっ、民裁教官から起案文書の督促メールが来た。また怒られる。私、これで帰るね。来月からは検察修習で、こっちも楽じゃないのよ。今日は相談になってないかな。遅れたあなたが悪いのよ。でも近況が聞けてよかった。あっ、ここ私が払っておくから」

温子が喫茶室から足早に出て行ってから間もなく、今度は土田の携帯電話が鳴った。

――先日の職業斡旋所の者です。

聞き覚えのある声は例のアラフォー女だ。

――先生にまわせる事件があるわ。

「えっ!　本当ですか」

――私選の刑事弁護。クライアントのご指名よ。

「分かりました。すぐに行きます」

土田は喫茶室を飛び出しホテルのエントランスへ小走りで向かった。車寄せで温子がタクシーに乗ろうとしているのが目に入った。その姿を横目にベルボーイのお辞儀の脇を通り過ぎて、土田は地下鉄の駅へ急いだ。

斡旋所が依頼者との待ち合わせ場所に指定したこぢんまりしたホテルのロビーは薄暗かった。土田は暗いところが苦手だ。

字の細かい六法を片手に、百冊近い参考書を何度も頭に擦り込ませる司法試験は目には過酷だ。土田の視力は受験を始めた大学在学時には裸眼で車の運転ができる程度はあったが、合格してみると0・1を切っていた。

司法修習後、コンタクトレンズは止めてレーシック手術を受けたが、手術との相性が悪くグレアと呼ばれる副作用が出た。視力表では1・0以上になったが、暗いところだと視力が極端に落ちて、しかも、あらゆる物体の稜線が滲んだように見える。字も見づらい。かたや夜間の対向車のライトは異様なほど眩《まぶ》しくて、その残像はしばらく消えない。車の運転は控えるようになった。角膜を削ったのでコンタクトレンズには戻れない。一生この視界とつき合っていかねばならない。

二十代の楽しい思い出など何ひとつない。公務員の地位も捨てた。貯金はロースクールの学費とここ数年の生活費や会費で使い果たした。この資格に骨身を削って、とても大きな犠牲を払った。今さら他の職には就けない。落ちこぼれだろうが、なんとしても弁護士で食っていかねばならない。

土田は薄暗いロビーで目を凝らして依頼者を探した。

受付カウンターの前方のソファに、若い女がこちらを向いて座っている。その場所だけが滲んで白く浮き上がり、仕事を授ける女神が天上から降臨したように、土田には見えた。

土田はその女に更に近づいた。知的な感じのする静かな佇まいの色白の女であった。首には、この季節に似つかわしくないストールを巻いているのが目についた。女のほうも気づいたようで、土田は女の目前まで近づいて名前を確認しようとすると、さきに口を開いたのは女のほうだった。

「土田先生ですね。私は手塚佐織と言います。看護師をやっています。先生、私の弁護人になっていただきたいのですが……」

やはり女神、いや依頼者だと分かり、土田は手塚佐織と名乗る女に対面してソファに座った。

「斡旋所からは刑事事件と聞いていますが、手塚さんは何をされたのですか?」

土田が尋ねると、虫も殺さぬ相貌とは裏腹な、不穏な答えが返ってきた。

「人を傷つけました」

「人を傷つけた。傷害ですか?」

「これから警察署へ自首しますので同行をお願いします」

「待ってください。いや、自首を待てと言っているのではなく、少し話を聞かせてください」

土田は少し女に顔を近づけて言った。このホテルは外国人観光客ご用達《ようたし》で、異国語が飛び交ってかなり喧噪だ。

土田は事務所を持たない。正確には、先輩弁護士の事務所の一部を軒借りした形で弁護士登録を行っている。イソ弁をもじってノキ弁と言う。それから先輩と言ってもひと回りも年下だ。ただ、その事務所は税務調査が入って、今は軒すら使うことができない。

国を訴えると税務署が入る――。

業界の都市伝説が現実となった。斡旋所はその辺りの事情を全部見透かしたうえで、日本語による相談が遺漏《いろう》する心配が少ない、このホテルのロビーを打ち合わせ場所に指定したようだ。

「何があったのかを詳しく教えてください。当然ですが、受任に関わらず秘密は守ります」

土田は手帳とマイライトを取り出した。楽器奏者が譜面台の照明に使うものを転用している。

暗いところで字を書くには欠かせない。

「私はある男に怪我を負わせました」

「具体的には？」

土田は手帳から目を離さずに訊いた。

「おそらく目を潰しました」

「男の目を潰した。何処でですか？」

「大久保の住宅街の道路の突き当たりにある洋館の中です」

「知っています。例の事件ですね。どうしてそんなことを」

土田は顔を上げて、食い入るようなまなざしで尋ねた。

「詳しくお話します」

女は居住まいを正した。

「私は先月二十七日、仕事先の歓迎会の帰りに通り雨に遭遇して、事件のあった建物の中で雨宿りをしていました。すると、おそらくその建物内に私より前にいた男に、突然引きずり倒され、二階まで無理矢理担ぎ上げられました。男は、私に覆い被さってきました。やがて、私に馬乗りになり首を絞めてきたので、（殺される）と思って、私は咄嗟《とっさ》にその男の顔や体を叩いて必死で抵抗しました。結果として、目が潰れたことと、その男が二階から落ちて頭を打って死んだことは、後からニュースで知りました。ただ、自分で落ちて死んだのなら、それは事故で、私には関係ないと思います。それから、目が潰れたとしても、あの状況では私にはそれ以外の方法はなかったと思います。自首して裁判になったら、そこをしっかり先生に弁護して欲しいと思います。私の弁護人になってください」

女はソファから立ち上がって深々と頭を下げた。

土田は女の話を聞きながら、頭の中で徐々に刑事弁護のストーリーを構成した。

女が故意に転落死させたものではないとしても、目を潰すという傷害行為から転落死という死亡結果への因果関係の立証が可能と踏めば、検察は傷害ではなく、傷害致死で立件してくるであろう。

そうなれば裁判員裁判だ。傷害なら情状により罰金刑ですむケースもあるが、傷害致死は必ず懲役刑で、量刑も殺人とさほど変わらない場合がある。傷害か、傷害致死か、で被告人にとっては天と地ほどの違いだ。弁護人としては傷害致死での立件は阻止しなくてはならない。

それから、女の言うとおり、自らの身を守る咄嗟の行為として正当防衛の主張は欠かせない。あと、今から自首すれば減刑が認められる場合がある。

土田は、突然訪れた刑事弁護の依頼の中身をなんとか頭の中で整理した。そして一通り女の話を聞いたあと、「今、私が聞いた話は自首した後、警察や検察で何十回と同じ話をすることになります。手塚さんはその度に丁寧に受け答えをしてください。いいですね」と念を押した。

それから最後に土田のほうから質問をした。

「どうして男に襲われたことを警察に届け出なかったのですか？」

女はうつむいて、少し返答に戸惑う様子であったが、意を決して口を開いた。

「二階へ担ぎ上げられた後、床に落とされ、私は頭を打って気絶したようです。その時、私は男から性的暴行を受けました」

女は首に巻いたストールをほどいた。そこには生々しい半月型の扼痕《やくこん》が刻まれていた。土田は衝撃を受けるとともに、これまでの女の話に疑いはないと確信した。

性犯罪者が有罪になっても海外と比較して刑は軽い。一方で、被害者にはその後も偏見がつきまとう。性犯罪の被害の申告は三割にも満たないとロースクールで教わった。その事情が性犯罪をさらに助長させる。

「報酬は十分お支払いします」

と、最初に切り出した女の言葉に弁護の意を強くしたことは間違いないが、落ちこぼれ弁護士にも卑劣な性犯罪に対する正義感の片鱗はあった。

「分かりました。弁護人を引き受けます。ただ自首する前に、その扼痕、いえ首の傷の写真は残しましょう」

土田は随分冷静になっていた。鞄に手帳とマイライトを順に仕舞った。

ホテルのロビーは相変わらず異国語が飛び交い、この非日常的な会話に気づく者は誰一人いなかった。

山城は署内の道場にいた。一メートルほどの高さのお手製の木箱の上に、両足跳びで乗ったり下りたりを繰り返している。耳にはワイヤレスイヤホンが差し込まれノイジーな曲が音漏れしている。

道場の床半分には、女性用下着がずらりと並べられ、間もなく盗犯捜査係の撮影会が始まるようだ。そこへ剣道着に身を包んだ吉川が入って来て道場の入口で礼をした。手には竹刀ではなく木刀が握られている。

「班長、相変わらず凄い跳躍力ですね。しかもスーツ姿で」

吉川はすり足で道場に入って、山城に大きな声を掛けた。

「一眼《いちがん》二《に》足《そく》。剣道の教えは刑事にも通じます。吉川さんは選手権の地方予選の稽古ですか？」

木箱の上から身をよじり、イヤホンを左耳だけ外して、山城が大きな声で応えた。

「はい、警察の威信が掛かっています。あまり時間がありません」

吉川は道場の端まで行くと木製の壁に手を添えた。壁はゆっくりスライドして大きな鏡が現れた。吉川は面を被ると鏡に正対して素振りを始めた。樫の木刀は竹刀よりはるかに重く握りは太い。素振りによる負荷は竹刀の比ではない。

休憩をはさみながら小一時間それぞれが汗を流して、道場の隅に並んで座った。山城は耳からイヤホンを抜いてあぐらを掻き、吉川は正座をした。盗犯捜査係の担当者らは一通り盗品の撮影を済ませて、下着をダンボール箱に詰めて道場を去って行った。

「班長のお父さんも新宿署の刑事だったのですよね？」

吉川が面を外して、顔の汗を手ぬぐいで拭きながら訊いた。

「最後は何かの事情で交番勤務になったけど、後輩の人から聞くと刑事らしい刑事だったとか。ただ、刑事らしいというのが、私には今ひとつピンと来ないのですが」

山城も顔の汗をタオルで拭った。

「刑事らしさですか」

「そう。吉川さん、刑事は世の中から何を求められていると思いますか?」

「それは、やっぱり真犯人の逮捕だと思います」

吉川は躊躇なく答えた。

「親父みたいですね。本当かな。逮捕はいいけど、真犯人を探すことまで求められているのかな。刑事は人様を疑うことは得意ですが、自らを疑うことは不得手ですね」

吉川は少し驚いて、山城の発言の真意を測りかねた。

「刑事は真犯人を探すことに心血を注ぐものだと考えます」

吉川は少し語気を強めて山城の返答を待った。

「私たちにそんな能力や権限がありますか。仮に、真犯人と覚しき人物を捕まえたとして、その後、どうするのですか」

「どうするって、法の裁きを受けさせます」

「なるほど。私たちがテレビドラマに出てくる刑事と違うところは、彼らは謎を解いて一件落着ですが、捜査の目的が公訴の提起である以上、私たちは法で裁くところまで面倒を見なきゃならない。吉川さんの言っていることの半分は正しい。ただ、民事と違って刑事裁判の証拠の吟味はとても厳しい。ＤＮＡ鑑定ですら、発展途上の科学的証明として、将来の再鑑定の可能性が残っていないのなら証拠能力が否定されることがあります。吉川さんも田崎さんに続けと巡査部長の受験の準備をしているなら刑事訴訟法は読んでいるはずでしょう。書証でいうならば、警察官が作成した書面は、原則、刑事裁判の証拠にならない。そうでしたよね」

山城は念を押すように吉川に尋ねた。

「それはそうですが」

「例えば、犯罪の目撃者の証言を私たちが供述調書にしたところで、証拠として採用されないのに、どうやって法の裁きを受けさせるんですか？」

「……」

吉川は沈黙した。

「おまけに、私たちが申請する法医学者の鑑定書だろうが、科捜研の鑑定報告書にしても、弁護人が不同意にすれば、証拠として採用されるには手間がかかります。まあ、自白調書だけは例外で、要件が整えばそのまま証拠採用されることがあります。ただ、海の見える断崖絶壁で自暴自棄になって自白してくれたら儲けものですが、現実は、自白を得るには逮捕が必要です。そして被疑者を逮捕してから我々の持ち時間は四十八時間しかない。弁護人の助言もある中で、いったん否認や黙秘でもされたら自白調書なんて取れっこない。仮に、取れたとしても自白だけでは有罪に問えない。誰かをかばっている可能性もありますからね。だから、私たち刑事は法の裁きに関しては丸腰です。まあ、最近は防犯カメラやNシステムの画像が有力な手掛かりになることが多くて、張り込みや尾行など刑事の出番がなくなって、丸腰どころか真っ裸になりつつありますが」

山城は室内用のシューズを脱いで苦笑いをした。

多くのアスリートが取り入れているプライオメトリクスを山城も学生時代から続けている。このトレーニングの後は、ドーパミンが出るのだろう、山城はいつもより口数が多くて、持ち込んだペットボトルで喉を潤して、さらに続けた。

「一方で、検察官が作成した書面は裁判で証拠として採用されます。そして彼らの手持ち時間は我々の十倍の二十日間。ですから、我々刑事は、〈真犯人の発見とか張り切るのはほどほどにして、何か悪いことしていそうな奴がいたら、手続きだけはしっかり踏んで、ひっ捕まえて来い。真犯人かどうかは、検察がゆっくり時間をかけて吟味する〉って。日本の刑事司法の裁きのたてつけは、そんな感じですかね。吉川さんの気勢を削いで申しわけないですが」

山城は室内シューズをシューズケースに入れながら応えた。

「それでは、班長は何のために日々捜査をしているのですか」

吉川はかなり混乱して、前のめりになって訊いた。

山城は吉川にしっかり向き直り、その顔を双眼で捉えて言った。

「逆説に聞こえるかも知れませんが、無実の人間を捕まえないため。誤認逮捕はその人間の人生を狂わせます。それが、また犯罪を生む。私は筋読みはするけど、それが独りよがりじゃないのか日々自らを疑いますし、より確信に近づくために少しの細工もします。それから、刑事一人の能力や知識はたかが知れています。だから、私は一人で事件は追わない。たとえ百人の真犯人を捕まえても、一人を冤罪にしたら刑事失格。私はそう思います」

山城の先ほどまでの苦笑いは消えていた。


その頃、刑事課で若い刑事が受話器を置いて田崎に報告した。

「現場の二階にあった女の髪の毛のDNAと班長がジムで手塚佐織から採取した髪の毛のDNAが一致したそうです」

「やっぱり山城さんの睨んだとおりだ。手塚佐織は現場にいた！」

田崎がガッツポーズをとった。仏頂面の田崎は感情を体で表現する。

「ところで班長は？」

若い刑事は辺りを見回した。

「道場にいるよ」

田崎が人差し指を上に向けた。

「いつものプライオメトリクスですか？」

「ああ、その舌を噛みそうな下半身の瞬発力の鍛錬だ。道場に行って呼んできてもらえるか」

「分かりました」

しばらくして山城が道場から戻ってきた。早速、合田係長から声が飛んだ。

「山城、課長の許可が出た。手塚佐織を逮捕する。地裁へ令状請求に走ってくれ」

「はい、係長。分かりました。田崎さん、令状を取ったらそのまま女の自宅へ行きますよ」

「任せてください」

田崎は今度はファイティングポーズを取った。

山城と田崎は吉川の運転で、東京地裁へ車を走らせた。山城らが地裁に到着した時にはすでに二十時をまわっていた。夜間登庁口から入って、令状部の窓口で佐織の逮捕令状の請求を行うと、係官から意外な言葉が返ってきた。

「この女には先ほど戸塚署から令状の請求がありました。緊急逮捕に伴う令状請求で罪名も傷害で同じです。すでに当直の裁判官は控え室に戻りました」

「戸塚署。えっ！　どういうことですか？」

山城は珍しく狼狽《うろた》えた。

その時、山城の携帯電話が鳴った。相手は合田係長だ。

――女があがった！　戸塚警察に弁護士を伴って出頭し、その場で緊急逮捕したらしい。我々に引き渡すそうだ。今すぐ行ってくれ。

「すぐに向かいます」

山城は応えて電話を切った。

「吉川さん、戸塚署へ至急車をまわしてください」

田崎が乗り込むのを待って山城が言った。

「わかりました。緊急走行ですか？」

「いえ、それは結構です」

山城は少し落ち着きを取り戻していた。

戸塚警察署の車両専用通路の出入り口を塞ぐ金属製のシャッターが、車のヘッドライトの灯りを力強く反射させて周囲の照度が一気に上がると、吉川は薄目になって視線をそらせてスモールライトに切り替えた。

やがてガタガタと音を立ててシャッターが専用通路の上部に格納されると、更に鋼鉄製のゲートが姿を現した。署内から職員が出てきてゲートを開け、裏庭の駐車スペースに車を誘導した。山城と田崎は運転席に吉川を残して、車から降りて通用口から署内へ入った。

どこから情報が漏れたのか、すでにマスコミ数社が署の正面玄関に張りついて、署内には女に接見を求める弁護士数人がいた。戸塚署の刑事課の係長からは、『現在、女に対して逮捕手続きの説明と弁解の機会を与え録取を行っている。取り調べは新宿署へ移送後で大丈夫だ』との説明を受けたが、女にはまだ会えていない。見も知らない人混みは苦手だ。山城の掌《てのひら》から少し脂汗が出た頃、田崎が戻って来た。

「弁護士と共に出頭した女はやはり手塚佐織のようです。間もなく我々に引き渡されます」

田崎は署内で情報収集して山城に駆け寄り報告した。

やがて、ロビーにいた弁護士数人がエレベーターのほうへ動き出した。警察官もエレベーターのほうへ移動を始め、一階エレベーターの出入り口付近は物々しい雰囲気となった。

数分後、エレベーターの扉が開くと、女が署員に連行されて出てきた。手錠と腰縄をつけられた手塚佐織の姿がそこにあった。佇まいは凛としている。戸塚警察の署員に促されると、山城と田崎は佐織の両脇を支えるように張りついた。

そのままの体勢で駐車場への通用口に向かった。接見を求める弁護士らが数人、声を上げて佐織に近づこうとするが、署員らがこれらを押しとどめた。その中をすり抜け、山城と田崎は佐織を挟んで吉川が待つ車両の後部座席に乗り込み、新宿署へ戻るように指示をした。

吉川がヘッドライトを点灯すると、両手を大きく広げた男がフロントガラスに浮かんだ。よほど眩しいのか、すぐに両手で眼を塞《ふさ》ぎ、男はその格好で車両の右前方から後部座席に近づき、首を上下に振った。山城はパワーウインドウを下ろした。

「手塚佐織の自首に同行した弁護士の土田です。車両に同乗させてください」

「弁護士さん、新宿署に戻ったら十分な時間を差し上げますので、今夜は引き取ってください。あっ、それから、こちらはＤＮＡの照合で手塚の逮捕状請求の直前でした。自首にはならないと思いますよ」

山城はにべもない。土田の落胆の様子に目もくれずパワーウインドウを上げた。

車は戸塚署正面玄関に張りついたマスコミのカメラのフラッシュとシャッター音を後にして新宿方面へ加速した。

明治通りを真っ直ぐ南下して、やや西方に方角を変えて靖国通りに入ると、大型トレーラーが車の左手についた。大きなホストの顔がボディーにラッピングされている。佐織は視線をぼんやり遠くにして、ネオンサイン上空の高層ビル群の夜景を眺めていた。それから独り言のように呟いた。

「私、どうなっちゃうのかな」

山城は黙っていた。

佐織は田崎のほうへ向き直って、

「刑事さん、こんな誰かの言葉を知っていますか。〈悪しきものは見えやすい。真に悪しきものは見えない〉。見えないものはどうしたらいいのかなー」

田崎も黙って前だけを見ていた。

併走していたトレーラーと分かれて、車が新宿大ガード下をくぐり青梅街道に入ると、間もなく左前方に新宿署の建物のシルエットがフロントガラス越しに視界に入った。

山城が自宅マンションに戻った頃には日付が変わっていた。山城は通勤電車に乗ることができない。新宿署から徒歩圏内の１ＬＤＫの賃貸マンションに住んでいる。

玄関扉を開けるとエアコンの冷気が山城を包んだ。間もなく、シャカシャカと足音がして、廊下の突き当たりのリビングから一目散に走って来たのは愛犬のコーギーだ。まずは、玄関の框《かまち》と土間の間をクルクルと何度も行き来して、その後は、屈んだ山城に飛びかかって思う存分顔を舐め回した。尻尾のなごりの尾骨が電動歯ブラシの様に微妙に振動している。

コーギーの名前は小次郎と言う。総司も小次郎も名前をつけたのは歴史好きの山城の父親だ。小次郎は十六歳の老犬で、山城が高三の時に父親が千葉のブリーダーから譲り受けた。実家で小次郎の面倒を主に見ていた母親は山城が刑事になって三年を経た頃亡くなった。その後、小次郎の世話をしていた父親が二年前に施設に入って、山城が小次郎を引き取った。今は非番以外の日中の世話は主にペットシッターに任せているが、職住接近のメリットを活かして、昼休みに時々自宅に戻って小次郎を散歩に連れ出している。エアコンは夏場は終日掛けっぱなしだ。

小次郎はとても元気だが、左の後ろ脚が麻痺して、引きずっている。高齢のコーギーにかなりの確率で発生するDMと呼ばれる病気を発症した。脊髄の神経細胞が変性することで四肢の麻痺などの機能障害が現れる進行性の病気だ。半年前、小次郎はDMと診断され余命一年と言われたが、山城は獣医の診断を信じない。

小次郎の後ろ脚を支えるために最近特注で車椅子を作った。早朝ランニングには、小次郎も元気一杯に山城の前を走る。過去を嘆かず大望を抱かず、やや視線を落として、目の前の道をただ一心に進む。小次郎が車椅子でひたむきに走る姿から教えてもらった。

ヨレたスーツをかけたハンガーのフックを漱石が雑然と並ぶ本棚の最上段に引っ掛けた後、台所に入ってコップ一杯の水で喉を潤して、山城は浴室へ向かった。小次郎はその後をシャカシャカとついてくる。山城がシャワーを浴びている間、小次郎は浴室の曇りガラスの扉に鼻をひっつけて山城が出てくるのを待っている。髪を乾かしてベッドに身を横たえると、小次郎はふんばりが利かなくなった短い脚で、なんとかベッドに飛び乗って、タオルケットに潜り込み、もぞもぞして山城の横から顔だけ出した。

「たまには泣き言も聞かせてください」

山城はそう言うと、小次郎の頭を撫でながら眠りに就いた。

翌朝九時から佐織の取り調べがはじまった。山城は佐織の真正面に座って、その後方の机で田崎は供述を録取する態勢を取った。

「手塚さん、あなたが目を潰したと言っている男の名前は本村庄一郎《もとむらしょういちろう》といいます。面識はあったのですか?」

山城は取り調べというより弁解録取に近い丁寧な言葉を使った。

「面識はありません。あの晩に初めて遭いました」

「あの晩というのは先月の二十七日の晩ですか?」

「そうです」

「いったい、その時に何が起きたのか詳しく教えてください」

ジムで会った時とは違い、佐織は背筋を伸ばして、殊勝な態度だ。

「はい。私と友人は、二十七日の午後六時から新宿三丁目の《グラン・トーヴァ》というレストランで、カウンセリングコミュニティーに新しく入会した女性の歓迎会を行いました。その会は午後八時に終わり、それからタクシーで大久保へ移動して、お気に入りの韓国居酒屋で独りで飲みました。十一時頃に帰り支度をして、すぐにタクシーに乗ればよかったのですが、かなり飲んだので少し酔い覚ましに辺りをぶらぶらしていたら、通り雨に遭遇しました。傘を持っていなかったので雨宿りできる軒を小走りに探して、最初に入った道路の行き止まりで、人一人が宿れるくらいの木造建物の風除けのある出入り口を見つけました。そこに入って雨が小止みになるのを待ちましたが、いっこうに雨は止まず、行き止まり道路だったのでタクシーの侵入もありませんでした。酔いもあって少し眠気を感じた頃、もたれていた背中の圧力がなくなったので、建物の扉に鍵が掛かっていないことに気づきました。さらに雨が勢いを増して、風除けだけでは濡れてしまうので、申しわけないとは思いながら、少し建物の中に入りました。建物の中は真っ暗でした。私が目を凝らして数歩進んだところで、ガシャンと何かが壊れる音とともに暗闇から突然目の前に太い手が現れて、私は手首を掴まれ、大きな力で建物の奥へ引きずり込まれました。それから、その太い手に体ごと持ち上げられ、私は両手両足をバタバタさせて抵抗しましたが、一気に二階と思われるところへ担ぎ揚げられるとそのまま床に落とされました。私は、頭を打って気絶したようです。揺り動かされ、覚醒すると、その太い手の主が私に覆い被さっているのを感じました。私は、再び手足をバタバタさせて必死に抵抗しました。すると、その太い手が私の抵抗を鎮めるように首に巻きつき、体重が掛かるのを感じました。（殺される）そう思った私は、その太い手を振りほどこうとしましたが、どうにもなりません。そこで、私は顔面らしき方向へめがけて、がむしゃらに拳《こぶし》を繰り出しました。すると間もなく、『ぎゃー』という声が聞こえ、首に掛かっていた手の圧力がなくなり、太い手の主は少し私から体を離しました。私の顔に何か生温かいものが滴《したた》る感じがありました。すかさず下腹部の辺りをなんども蹴り上げると、私は二階のような所から階段を手探りで下りて、一階の半開きになった扉から外へ駆け出すと、振り向かずに逃げました」

佐織は、記憶をたどる様子を見せて、淀みなく応えた。

「あなたは性的暴行を受けそうになったので、咄嗟に犯行に及んだと弁護士から聞いていますが、本当ですか？」

「性的暴行を受けそうになったのではなく、二階と思われる床へ落とされ、気絶している間に性的暴行を受けました」

佐織は首に何も着けておらず、その扼痕は少し薄れていた。

「先日、ジムで会った時に黒いチョーカーをしていたのは、その扼痕を隠すためですね。性的暴行の被害届を出さなかった理由はありますか？」

「刑事さん、推察はつくと思いますが、それも弁護士さんにお話ししていますので、そちらから聞いてください」

佐織は静かに言った。

午前中の取り調べが終わって、山城は新宿中央公園の水の広場にあるコンクリートで固めたベンチに座っていた。ベンチの下には車椅子を外した小次郎が寝そべっていた。そこへ初老の男が近づいて山城の隣に座った。

「急にこんな所に呼び出してすみません」

山城は男に詫びた。

「いいんだ。あんたの親父さんには随分世話になった」

男は手を伸ばして小次郎の頭を撫でた。

男の名前は関根《せきね》平輔《へいすけ》。池袋署の元刑事だ。公務員を退職した今は、地元の信用金庫の総務部相談室に籍を置く。

バイクの集金業務が多い信用金庫では日々交通事故が発生する。振込詐欺にも目を光らせなければならない。ロンダリングの金融庁の口座審査も厳しい。反社会的勢力への融資は行政処分の対象になる。警察とのつながりは欠かせない。どこの信用金庫にもある、このような相談を扱うセクションは、ノンキャリアの警察官にとって第二の人生の大切な就職先である。

「三年前の事件だな。俺にとっては最後の未解決事件になったよ」

関根はハンカチで顔の汗を拭きながら山城に述懐を始めた。

広場にはスケートボードに興じるキャップを被った若者がたくさんいて、練習に疲れた数人は流れ落ちる人工滝の飛沫に体を晒して涼を取っていた。飛沫は風に煽られ山城らの元にも届いて、山城が手帳に書く文字を所々滲ませ、小次郎の乾いた鼻先を湿らせた。

「実は、俺は今の仕事の合間に未だにあの事件を追っている。もう刑事じゃないので限界はあるが、あの遺体を見たら未解決のまま終わらせるわけにはいかない。身体の皮膚は背中を除いてほぼ炭化し、顔面の皮膚は焼失して骨が露わになっていた。可哀想に。遺族にも必ず犯人を捕まえると約束した。しかも、その遺族にも知らせていないが、焼け残った気管の中にススが付着していた。この意味が分かるか？」

「まだ生きていた？」

「そうだ。解剖医によれば、遺体は仰向けに寝ているような姿勢だったが、頭蓋と頬骨が骨折していたらしい。一次的に失神したか、意識があったのか、どちらにしても生きたまま焼かれたそうだ。犯人らが気づいていたかどうかは不明だ」

関根はベンチに座りながら都庁を見上げて虚ろな目になった。

午後二時頃に山城は取り調べ室に戻って来た。田崎から、明日実況見分に行くと聞かされ、了解して席に着き、佐織に顔を向けた。

「手塚さん、少し身上の話を聞きたいのですが、あなたには五歳年上の医師のお姉さんがいましたね」

山城がそう言うと、佐織の表情が一変した。

「お姉ちゃん、髪切ったんやー。格好ええわ」

佐織は病院から戻った姉の素子に向かって言った。

「もう夏やしねー、あんたも切ったら？」

「私はお姉ちゃんみたいに小顔やないし、ショートヘアは似合わへんよ」

「そんなことより、看護学校はどうしたん」

「順調そのもの。九月から病院実習も始まりまーす。まあ、卒業しても看護師はあくまでお医者さんの添え物やけど」

「また佐織は、そんな言い方しいひんの」

素子は眉をひそめた。

「お姉ちゃんこそ臨床研修どないすんの？　そろそろ専門を決める頃とちゃう。やっぱり精神科を目指すんかな。精神科医はお医者さんの中で自殺率が一番高いって看護学校の先輩が言ってたけど、ミイラ取りがミイラにならんといてよ」

「こら！　患者さんはミイラとちゃうよ。佐織も看護師を目指すなら発言に注意せんと」

「はいはい、私は看護師の未熟な卵。お姉ちゃんは帝都大学医学部に現役合格したお医者さんの金の卵。おまけに美人でスタイルも抜群。なんか不公平感じてしまうわー。ねえ、お父さん、お母さん、聞いとる？」

佐織は居間の仏壇に飾った両親の遺影に向かって少し愚痴をこぼした。遺影の横には素子が近所の緑地から摘んできた紫色の花が飾ってあった。

山城の質問は続いた。

「お姉さんは精神科の医者で、あなたとは大変仲がよかった。そうですね」

「……」

佐織は悄然として黙り込んだ。

「あなたにとってお姉さんはよき相談者であり、また誇りでもあった」

佐織は押し黙ったまま、鉄格子の隙間から視線を窓外《そうがい》へ移した。取り調べ室の窓から見える夏空はあの日の空と同じで雲一つなかった。

簾《すだれ》にはりついた蝉数匹がけたたましく鳴く中、素子と佐織は線香の匂いに導かれるように奥の部屋に通された。新しい仏壇には少女の遺影が飾られていた。

「手塚先生、わざわざ来ていただいてありがとうございます。娘もさぞ喜んでいると思います」

母親は仏壇に手を合わせたあと、正座した腰を少し浮かし、素子に向き直ってお礼を述べた。

「これが娘の最期の手紙です。結局、死んじゃいましたけど、手紙の中には先生に宛てた感謝の言葉がたくさん並んでいます。私のことを、最後まで本当に心配してくれたのは手塚先生だけだったって……」

母親は気丈に振る舞ったが、明らかにやつれて、手紙を持つ手が小刻みに震えている。

母親の娘は広尾の私立高校に通う女子高生であった。同級生からのいじめが原因で不登校になり、ひきこもりを経てうつ病を患った。素子が精神科医になって初めての希死念慮《きしねんりょ》の強い患者で、かかりきりで素子が診てきたが、五日前に、自宅から「散歩に出る」と言ったきり、そのまま東雲《しののめ》運河に入水して自殺した。

素子も遺影に手を合わせると、渡された手紙に目を落とした。そこには母親が言うように素子への感謝の言葉が並んでいた。そして最後に、〈弱い私。素子先生ごめんなさい〉。

それを読んで素子は感情を押し殺したが、膝に置いた手の甲には大粒の涙がこぼれた。隣で佐織も涙した。

「ところが、そんなお姉さんが三年前に不慮の死を遂げ、それが原因であなたも看護師を辞めてしまった」

窓外《そうがい》を眺めている佐織に山城が言った。

「退職はそれ以前から考えていました」

佐織は山城に向き直って否定した。

「お姉さんは三年前、ジムからの帰宅途中に南池袋の墓園に連れ込まれ、何者かによって性的暴行を受けたうえに首を絞められ殺害された。犯人は証拠隠滅を目的として遺体に放火まで行った。遺体に残された体液から犯人は複数と思われるが、ＤＮＡの熱変成により照合ができず、いまだに誰も捕まっていない。あなたは犯人はもちろん性犯罪者に対しても憎しみを持った。そして報復を誓ってジムに通った。今回のあなたが取った行動には、性犯罪者に対するそのような感情が影響しているのではないですか?」

山城は複雑な面持ちで訊いて、さらにつけ加えた。

「このような境遇はあなたにとって必ずしも不利な情状とも限りませんよ」

女は馬乗りになった男に対して両手を交互に突き出し、あるいは腰を跳ね上げようとしたが、やがて女の首に掛かった男の腕に一層力が入ると、女の顔はうっ血し鼻血が出た。それは男の顔から滴り落ちる血と混じり合って女の顔を真っ赤に染めた。

やがて抵抗していた両手は力なくだらりと垂れ下がり女の意識は暗い闇に落ちて、その躰はピクリとも動かなくなった。

佐織の脳裏にいつもの光景が蘇った。それは姉の素子が被害に遭った最期を佐織が想像して頭の中に投影したものである。夢でもたびたび見ることがあり佐織をずっと苦しめる。

「刑事さん、随分想像力が逞しい。確かに、姉の死後、私も姉と同じジムに通い始めました。期間は姉よりも短いですが、姉以上に厳しいメニューをこなしてきました。でも、それは報復とかのためではなく、私自身がそのような被害者にならないためです。そうでなければ、今回、私も、性的暴行を受けたうえ、殺されていたかも知れません。姉を殺した犯人が憎いのは確かです。一方で、今は性犯罪被害者や遺族の方のカウンセリングのため、NPO法人に入って、被害者や遺族の方々の心のケアと社会復帰に務めています。もっとも、看護師を辞めるのは、それ以前に決めていました」

突如、姉の事件を持ち出された動揺を抑えて、佐織は冷静に応じた。

初日の取り調べを終えて、土田は佐織と接見した。出頭した日に刑事が約束したとおり二十四時間接見は可能だ。むしろ営業でやって来る他の弁護士が佐織との接見の邪魔になっている。

昨日も比較的大物のヤメ検弁護士が来たらしい。

「必ず正当防衛を裁判所に認めさせます」と、そのヤメ検は息巻いたらしいが、佐織は相手にしなかった。土田はそれが嬉しい。

(頼りにされている)

こんな感覚は弁護士になってから初めてかも知れない。

「今日は、どのようなことを聞かれましたか。打ち合わせ通りにいきましたか?」

「先生の言われた通りに喋りました。刑事さんも意外に穏やかです」

「そうですか。それはよかった」

土田は安堵の表情を浮かべたが、たがを締めるように佐織に言った。

「出頭の前にも言いましたが、警察での最初の取り調べの供述はとても重要です。裁判では任意性がきわめて高い供述として取り扱われます。そこで何か不利な事実を認めてしまうと、あとからひっくり返すのは至難のワザです。警察が自白を執拗に求める理由はそこにあります」

「私の場合、傷害そのものは認めていますので」

佐織は淡々と言った。

「そうでしたね」

土田の苦笑いがマイライトの明かりに浮かび上がった。

「暴漢に遭って被害届を出さなかった理由を刑事さんに訊かれました。それは弁護士さんに訊いてくださいと言いました」

「分かりました。私のほうから説明しておきます。警察の持ち時間は逮捕から四十八時間です。明日の取り調べで終わります。それから検察に送致されます。そこから二十日間は勾留されることを覚悟してください。起訴されれば保釈を請求しましょう」

土田はこれからの手続きを説明した。

「先生がいるので安心しています」

アクリル板の向こうで佐織がお辞儀をした。

「班長、手塚佐織の供述に出てきた、友人と同僚、それからレストランと韓国居酒屋の店長、いずれもウラが取れました。洋館周辺の住宅街に防犯カメラは一台だけで、佐織の行動については確認できませんでしたが、新宿のレストランの出入りはコンビニの防犯カメラの画像で確認できました。事件当夜に、現場周辺で強い通り雨があったことも間違いありません」若い刑事が報告した。

「ＮＰＯ法人の活動も精力的で、今回の事件に関して関係者から裁判所に対して無罪を求める嘆願書が多数出るようです。マスコミにも文書が流れています」吉川も続けて報告した。

「それでは始めますか。田崎さん、ほれっ」

山城は佐織の実況見分から戻った田崎に目配せをした。

「今日中に検察に送致ですね。分かりました」

二人は回転椅子から腰を上げて、五階の取り調べ室に向かった。

すでに佐織は取り調べ室にいて、例によって小窓から外を見ていた。その横顔は西新宿の高層ビル群の夜景を見ていた時のそれであった。

真に悪しきものは見えない――。

あの時の佐織の言葉が山城の耳の中で残響した。

まずは田崎が訊いた。

「我々があなたに辿り着いたのは、被害者に残された傷害の跡が正確無比に急所を捉えていたからです。あなたが昨日の取り調べや今日の実況見分で言っていたような、『がむしゃらに叩いた』といった練度のものではなかった。どう思われますか？」

「三年間厳しい練習を積んでいます。自然に体が動いたのかも知れません」

「傷害の自覚はあるってことですね。ただ一方で、あなたは、『性的暴行を受けた』と言った。結局、稽古は役に立たなかったのではないですか？」

「床に落とされ、気絶してしまいました。お酒の影響もあったかも知れません。悔しいですが、そこは刑事さんの言うとおりです」

「ところで、今のところ妊娠はされていないようですが？」

「薬をＮＰＯ関係者に入手してもらいました」

「アフターピルですか？」

「そうです」

そこから山城が田崎に代わった。

「あなたは亡くなったお姉さんと同じ帝都大学医学部附属病院で看護師として働いていましたね」

「はい」

「記録によると、最後は眼科でしたね」

「そうです」

「被害者の司法解剖に立ち会った、うちの捜査員の捜査報告書によれば、被害者は少なくとも両眼の角膜及び水晶体が損壊された状態だったようですが、この場合、被害者はどのような見え方になるのですか?」

この質問の意図は、佐織には不明だったが、知る限り素直に答えた。

「角膜と水晶体が潰れると光の屈折がなくなり、ピントが合わなくなります。でも、網膜が傷ついていないのなら明かりは感じることができるはず。ただ、あんな暗がりなら結局見えないのかな。私は医者ではないので、それ以上詳しいことは」

「あなたは被害者を傷害した時に、被害者が視界を失って、場合によっては二階から転落するかも知れないとは思いませんでしたか?」

山城はこれを訊いておかねばならなかった。田崎もその意図を理解していた。

「刑事さんはこう仰りたいわけですね。私が被害者の目を潰したから、目が見えなくなって階段を踏み外して落下して死亡した。死亡の責任はおまえにあると。ただ、その理屈だと視覚障害の方が何らかの事故に遭遇した場合に、常に原因を作った人間が事故の責任を負わされて不都合ではないですか。例えば、刑事さんはあの日のような豪雨に遭遇した場合、所持している拳銃の分解掃除を規則で義務づけられているはず。手入れの最中、刑事さんの拳銃が暴発して、同僚のそちらの刑事さんが失明したとします。そして、そちらの刑事さんが、数年後、駅のホームから転落して轢死《れきし》したとします。その死亡の責任は、刑事さん、あなたにあるのですか? 仰ってるのはそんな話ですよね」

佐織はこれまでの殊勝な態度を一変させ、パイプ椅子から腰を浮かせて、机上を手で叩き、真正面に山城の顔を見た。

検察への送致時限まで残り三時間。

刑事課の奥のパーティションで囲まれた課長席に備え置きの応接に合田係長と山城が呼ばれた。内村刑事課長はすでに着席していた。その横には室伏課長代理がいた。年齢は合田よりも遙かに若い。いわゆるキャリアだ。

内村課長は山城に佐織の検察への送致罪名について意見を求めた。

「傷害致死が相当と考えます」

山城は答えた。

「理由は？」

「被害者は後頭部が陥没骨折しています。自身で足を滑らせて落ちたのなら不自然です」

「殺しの線もあるってことか？」

「時間切れですが、可能性は残ると。仮に、殺しがないとしても、眼球を潰された後に、二階から転落して死亡したとなれば因果関係は認められやすいと考えます」

そこへ合田係長が横やりを入れた。

「殺しはないだろう。因果関係もどうだか。山城、考えすぎだ。性犯罪被害者の防衛行為だろ、マスコミがうるさい。逮捕の被疑事実通り傷害の送致でいいんじゃないのか?」

合田は剣呑《けんのん》な空気に敏感な、ありがちな管理職だ。合田の場合は、部下のSNS上の不適切な書き込みをマスコミに暴かれて、署長から厳重注意を受けた過去がトラウマになっている。

「被害者はあくまで本村です。遺族からは厳しい処罰を求める意見書も出ています。もちろん本人の無念もあるでしょう」

山城は一歩も譲らない。

「逮捕罪名は傷害だが、傷害致死での送致に問題はないか」

内村課長は合田係長に確認した。

「合田さんが言うように、傷害が相当でしょう。本庁刑事部の管理官から、本件について何も指示がないのもそういうことだと考えてよいでしょう。まして逮捕の罪名と異なる送致は、被疑者にとっては不意打ちになる」

室伏が合田に同調して意見した。

「そこは問題ありません。逮捕事実である傷害に致死を追加しても、両罪は、日時・場所・態様が同じで被疑事実は同一と言えます。さらに、我々は被疑者に不意打ちにならないように、当初から取り調べというより弁解録取に近い体裁を取って、送致で追加される致死についても弁解の機会を与えています。加えて、なによりも四十八時間の持ち時間内です。被疑者に不利益はありません。安易に傷害致死で再逮捕することのほうが、身柄拘束期間が長期になり、かえって被疑者に不利益になります」

山城の意見には説得力があった。

「分かった。本件は傷害致死で送致だ。本庁には私から説明して、あとは地検に任せる。補充捜査の依頼があれば十分協力するように」

会議は数分で終わり、室伏の面子は潰れた。

自身のデスクに戻った山城は佐織の送致記録の整理を始めた。刑事の仕事の三分の二は書類の作成と整理である。東京地方検察庁宛の送致書の罪名欄には〈傷害致死〉と記載した。あと捜査主任の情状意見を付す欄には〈厳罰相当〉の意見も付した。

「この事件、ピースが足りないな」

独り言は山城の癖である。

「お姉ちゃん、本棚に医学書以外の本がぎょうさん並んでるわ」

「あっ、それ。大学の先輩の外科医で司法試験に合格した人がいてはって、その先輩が試験用に使ってた書籍らしいわ。スゴいのは受験用教材と違うて、法学の専門書であること。『本質を捉えることが、最も効率的な学習』やて。その先輩が言い残したらしい。格好ええな。私はその先輩の顔も見たことないんやけど、憧れて研究室から持って来てしもうたわ。今は検事さんでたいそう偉うなってはるって。佐織も食べ歩きばっかりしとらんで、少しは見習ったらどうなん」

「また、お姉ちゃんが説教マシーンになったわ。ふーん、『刑法総論』ねー。難しそう」

佐織は専門書をパラパラめくって裏表紙の裏面に到達したら、元の所有者の名前が分かった。

「〈高村史朗《こうむらしろう》〉って名前の先輩なんや」

佐織はそっと裏表紙を閉じた。

第二章　最強検事

刑事課から検察へ送致する手塚佐織の事件記録を受け取った新宿署の制服署員は隣席の先輩署員に尋ねた。

「この事件、東京地検で誰に配点されるのですかね？　性犯罪被害者の反撃による傷害致死事件ってことでマスコミや世間の関心が高まっていますよね」

「配点せずに高村次席検事が直々にお出ましって噂だ」

「次席検事が主任検察官ですか。高村って？」

「おまえ、知らないのか。高村史朗。帝都大学医学部卒。附属病院で外科の専門医になったあと辞職して、一年で司法試験にトップで合格。裁判官に任官して、判事補でありながら最高裁判所調査官に配属された、裁判官の中でエリート中のエリートだった人だよ」

「最高裁判所調査官って？」

「最高裁判事の黒子。判事一人に二名ついているといわれている。最高裁判所の判決の地ならしは彼らがやっている」

「へー、そのエリート中のエリートがどうして検察に鞍替えしたのですか？」

「時の検事総長が十年に一人の逸材ってことで、将来を約束して引き抜いたって話が専《もっぱ》らだが、洞察が鋭すぎるのと歯に衣《きぬ》を着せない物言いが最高裁長官の逆鱗に触れたとか、そこはよく分かっていない。捜査や公判はもちろん、元医者だから検視も一流。東回りの検事の中で、将来の検事総長候補。最強検事の一人と言っていいよ。『高村検事は現場に入っただけで、その現場でどんな犯罪が行われたのかを感じ取る異能がある』って噂する者までいる」

「へー、なんかスゴい人なんすね。ところでその東回りって？」

「おまえ、本当に何も知らないんだな。検事は西回り、東回り、なるべく利害の少ない出身地を離れて、異動を重ねて出世する。さて無駄話はこのへんだ。送致のタイムリミットまであと一時間もないぞ」

翌日。東京地方検察庁次席検事室。高村は新宿署から送られたきた弁解録取書、供述調書、捜査報告書、実況見分調書、逮捕手続書など膨大な一件記録に瞬く間に目を通して、

「被疑者手塚佐織。元看護師。前科なし。被疑事実は新大久保駅近くの木造建物に侵入の後、被害者に両眼球破裂の傷害を負わせ、よって、視力の低下した被害者の同家屋二階からの転落を招

き死亡させた傷害致死事件。被疑者は傷害の事実は争わないが、転落死との因果関係は争う。あと、傷害については正当防衛を主張する。何か字面《じづら》からすると思ったよりも退屈ですね」と立会事務官にこぼした。その後、身上調査書の家族の項目に目を落として少し複雑な表情を浮かべた。

「被疑者手塚佐織の弁護人が検事との面会を希望しています。東京二弁の土田という弁護士です」

事務官が高村にうかがいを立てた。

「弁護人が面会希望ですか。来週火曜の午前十時なら空いていましたかね。その時刻に予定を入れてもらえますか」

「かしこまりました」

「被疑者のガラはどうなっていますか」

「取り調べは元木検事の部屋を借りました。弁解録取も元木検事が終わらせています」

「分かりました。どうせ二十日の勾留は免れませんので長丁場ですが少し対面してきます」

高村は元木検事の部屋に入った。中央に机が置かれ、佐織は真正面に座っていた。手錠は外され、腰縄は椅子の脚に縛りつけられている。机の右サイドには供述を録取する事務官がパソコンを前に待機している。高村の後方のパイプ椅子には三人の司法修習生が並んでいる。その中には三上温子の姿もあった。佐織の左後方には、新宿署から護送してきた署員が座っている。今、佐織が本気で暴れたら、この男一人ではいささか心もとない。

「検事の高村といいます。あなたの事件を担当します。これから事実を確認しますが、あなたには黙秘権があります。答えたくない質問には答えなくてもいいですし、終始沈黙していても構いません。分かりましたね」

「分かりました」

佐織は伏し目がちに応えた。

「警察からの報告では、事実は次のようなものです。先月の七月二十七日午後十一時四十分頃、あなたは東京都新宿区大久保町所在の木造二階建ての家屋に侵入し、そこで出くわした本村庄一郎の顔面に向けて、ジム通いで体得した目潰し技を繰り出し、両眼球破裂の傷害を負わせた。その後、本村は、同家屋の一階から二階へ通ずる階段上から転落し、頭部陥没骨折の失血により死亡した。被疑者、つまりあなたは、送致記録によれば、傷害については正当防衛を、被害者の死亡については傷害との因果関係がない旨を主張している。特に正当防衛については、被害者から性的暴行を受けたことを主な理由にしている。ここまではいいですか？」

「その通りです」

「ところで、あなたの首の内出血のようなものが首を絞められた跡ですか？　時間が経って判り難いですね。まず、その時の状況を詳しく教えてください。あなたに馬乗りになって首を絞めたという被害者は素手でしたか。グローブとかはめていましたか？」

「分かりません。見えませんので」

「絞められた時、冷たい感じでしたか。それとも体温を感じましたか？」

「生温かい感じはしました」

「何秒くらい絞められたんですか？」

「数十秒くらい」

「数十秒って、十秒、二十秒、三十秒。どれくらいですか？」

「必死だったので正確には覚えていません」

「必死だったあなたは顔や体を叩く前に、何か抵抗をしましたか？」

「首を絞める手をほどこうとしました。でも、もの凄い力でほどけませんでした」

「何秒くらいほどこうとしたのですか？」

「だから、必死だったので覚えていません」

「絞める手をほどこうとしたのにほどけなかったので、今度は顔や体を叩いた。そういうことですか？」

「そうです」

「聞いたか！　今の供述は一言一句逃さず記録しろよ」

高村は事務官に向かって声を荒らげた。

三上は高村のいきなりの高ぶりに驚いた。

「はい。記録しました」

事務官に動揺の様子はない。

「その後はどうです。顔を叩いた時に何か感触はありましたか。目に触れた感じとか？」

「覚えていません」

佐織の返答を聞いて高村の顔色が変わり、発声練習のような高いトーンが室内に響いた。

「はぁー、覚えていないはずないだろ。被害者は角膜も水晶体も潰れて、目の周りは傷だらけで顔は血まみれだぞ。馬乗りなら、あんたの顔にも血が滴って顔面が血の大海原だ。普通の人間なら忘れたくても忘れられないほどの光景だ。思い出すんだよ。思い出せ」

高村は椅子から腰を浮かして机に身を乗り出した。

「ただ私は必死で」

佐織は少し涙ぐんで言葉を詰まらせた。

「顔を叩いた後のことを訊く。被害者はその後どうなったんだ？」

高村のトーンが少し下がった。

「大きなうめき声をあげて、うしろへのけぞったと思います」

「それから」

「馬乗りの体勢が崩れたので、私は男の股下から体を引きずり出し、その下腹部を蹴りました」

「被害者の様子は？　また襲ってきたのか。どうなんだ」

「そのままうずくまって動かなくなったと。そこで、私は階段を伝って一階の開いていた扉から逃げました」

「逃げた？　血まみれの人間をなぜ救護しないんだ。あなた元看護師でしょ」

「……」

佐織は少し混乱した。

「黙秘ですか。まあいいでしょう。先は長い」

高村は椅子にどっかと座り直して、冷静さを取り戻し薄ら笑いを浮かべた。

土田は面会のアポが取れた火曜日午前十時キッカリに東京地検の次席検事室を訪れた。鉄製の扉をノックすると、解錠する音が聞こえて、半開きの扉から事務官と覚しき男が顔を見せて土田の襟元のバッジを確認すると、扉を全開にして室内へ招き入れた。

次席検事室は十分な広さがあり、東向きで日比谷公園の緑が眼下に広がる。午前中は採光がよく、土田はそこが気に入った。本棚や机をはじめとする調度品は重厚な木製と想像したが、それよりはるかに質素だった。ただ踏みしめた厚手の絨毯はプラスチックタイルのフロアに慣れた土田の足に心地よかった。

間もなく、事務官から中央に置かれたソファへの着座を促された。座面の広い革張りのソファだ。土田がソファに座ると真正面に置かれた本棚に目が行った。本棚を見れば、持ち主の専門はもちろん、関心ごとのほか趣味や嗜好、その本の並べ方からは性格まで分かる。

土田も高村の経歴は知っていたので医学書や薬学書が法律書に混じって多いのは理解できたが、洋書が多いのに驚いた。ロースクールの教授の研究室に置かれていたそれに似ている。背表紙からすれば英語とそれ以外の言語が半々といったところか。分野は分からない。そして、最も驚いたのが本の量だ。本棚は北側の壁一面を占めており、高さは天井に届きそうなくらいで、気がつくと同じ規格の本棚が背後にもあった。いずれの本も高さを揃えて整然と並んでいる。

執務を終えた高村が事務官と言葉を交わして、ソファに近づき、土田の向かい側に立って、それからソファに腰を下ろした。少し白髪も交じるが精悍な顔貌で年齢は四十代半ばであろう。

（痩身で身長は自分より高い）土田はそう思った。

「本件の主任検察官の高村といいます。初めまして」と簡単に挨拶を終えて続けた。

「ところで、先生は被疑者手塚佐織が本村庄一郎を傷害した事実は認めたうえで、正当防衛を主張されるようですね。手塚佐織は武術の心得があるそうですが、本当に本村を攻撃しなければ侵害を回避できなかったのでしょうか？」

「手塚さんは護身術を習っていただけです。検事の言い分が通るなら護身術は意味がなくなります」

土田は高村の高圧的な口調に少し語気を強めた。

「そうですか。護身術と正当防衛、英訳すればどちらもSelf-Defenseですが、必ずしも一致しないと思いますけど。ところで、本日こちらに来られた用件はなんですか。まさか起訴は止めて欲しいとか」

「単刀直入に申しあげます。仮に、そちらが傷害で起訴するなら、手塚佐織とその弁護人である私は即決裁判手続《そっけつさいばんてつづき》に同意します」

「即決裁判手続ですか。本人以外に弁護人の同意まで要件でしたか？　とにかく傷害の犯罪事実を全面的に認めて、正当防衛の主張もされないってわけですね。ただし、その代わりに執行猶予にしてくれってことですか」

「性的暴行を受けたことはあまり表沙汰にしたくないのが依頼人の意向です。ただ傷害致死で起訴されるなら話が異なります。傷害と死亡との因果関係は徹底的に争いますし、傷害そのものも正当防衛で無罪を主張します」

「私は裁判官時代に無罪判決を書いたことも、検察官になってから配点した事件も含めて書かれたこともないですけどね。久しぶりの主任事件は字面《じづら》よりなんか面白くなってきましたね」

高村は投げ出すように足を組んで、土田と視線を合わせた。

「ところで、少し話は変わりますが、私は医者からの転身組で司法試験の最初の受験は三十一歳でした。なのに、私の修習期はあなたより十期近く古い。見た感じ、年齢はそんなに変わらないようですね」

「私は公務員からの転職組です。新司法試験を知って四十を過ぎて初めて受験しました」

「先生、つまらぬ見栄を張るのは止めましょう。先生の右手の親指は曲がったまんまですね。靭《じん》帯性腱鞘炎《たいせいけんしょうえん》、通称ばね指。長期学習者に見られる答練の後遺症。司法試験はそんなに難しかったですか？」

土田は慌てて左手で右手を覆った。

高村は土田に少し顔を近づけて続けた。

「法学は、要件のボタンを押せば、効果のランプが灯る、単純な学問のはずですがね。そこでお聞きしたいのですが、先生のご専門は何ですか？」

「えっ、もちろん法律ですが」

土田はきょとんとなった。

「やはりそうですね。多くの法律家（Lawyer）と名乗っている先生方は、実は自身に専門がないことに気づいていない。いや、専門がないから法律家と名乗るしかないのか。訴訟で争われる医療過誤や建築紛争、交通事故、そのほか様々な紛争は人間の生の営みの上で起きている。だから先生方は、医師や建築士、アジャスターなど人間の営みに日頃から深く関わり、各分野に精通した専門家の協力なくして訴訟に勝てない。敏腕弁護士は虚構です」

高村の講釈は不愉快きわまるが、土田には思い当たる節があった。

〈そういえば最近、〈ナントカ〉に詳しい弁護士を名乗る者が増えている。〈ネット犯罪〉や〈MLBの契約〉ならまだしも、〈防災〉や〈軍事〉、果ては、〈芸能〉だったりもする。本物の専門家やマニアと入り乱れてワイドショーは百家争鳴の様相だ。土田も、『これからはニッチな分野を狙え』と先輩弁護士からアドバイスを受けた。顧問先をがっちり握って食うに困らないベテラン弁護士は、こうした若手の動きを〈ニッチ弁連〉と揶揄しているらしい。俺も何かを専門にすべきなのか。いや、今はそれどころじゃない〉

土田の夢想をよそに高村の話は続いた。

「もっとも、決まりごとだけで成り立っている離婚と相続は先生方の独壇場ですね。もし、日本の民法に導入されていれば、これまでのサスペンスドラマのストーリーが変わったかも知れない少し面白い話ですが、イングランドの民法では、夫の死後、妻は四週間以上生存しないと相続人の資格を失います」

高村の肩ごしに、本棚に収まった〈Family and Succession Law in England〉という洋書の背表紙が土田の目に入った。

高村は足を組み直してさらに続けた。

「法律は中身のないカラの箱。どこまで行っても制度であって摂理ではない。ノーベル賞がないのはそういうことでしょう。私がどんな罪名罰条で起訴するかはいずれ分かります。ただ即決裁判手続というカラ箱に辿り着いて、私に執行猶予の取り引きに来たのが先生の着想なら敏腕とまでは言いませんが、少しだけ褒めてあげましょう。では法廷で。今日のところはこれで」

高村はほぼ独りで喋って最後は簡潔に締めた。

（歯に衣《きぬ》着せぬ物言いとは聞いていたが、ここまで言うのか）

土田は高村が裁判官を辞めた理由がうっすら分かったような気がした。

「土田弁護士、お引き取りください」

事務官が離席を促した。

土田は次席検事室を後にした。

数日後、高村は司法解剖の鑑定書と手塚佐織の身上調査書にあった事実の確認のため、共立大学医学部准教授和田淳哉《わだあつや》の法医学教室を訪ねた。高村が大学の後輩の和田と会うのは、恩師である教授の退職パーティー以来五年ぶりだ。

和田は帝都大学医学部附属病院で若くして医局長を嘱望される優秀な外科医であったが、十年前に最愛の妻を交通事故で亡くした。高村が病院を辞めた三年後である。瀕死の妻は附属病院の救急に運ばれた。和田なら救命できたはずだ。ただ、その時は先行する手術を優先して同僚に託した。

生来明るい性格であったが妻を亡くして人が変わった。

マスコミは車の危険性を高齢者の危険性にすり替えている――。

車がなくなれば犯罪もなくなる――。

ドライブを趣味にする人間は殺人未遂を趣味にしているのと同じ――。

突飛な発言が増え、それらは和田の回りから人を遠ざけた。

やがて仕事でも日常でも、生身の人間との関わりを断つように、臨床とは違う道を求めて大学院に入り直して法医学者になった。

共立大学医学部附属病院は帝都大学医学部附属病院の関係病院である。和田の法医学教室は古びた附属病院の地下一階にあった。ドライエリアから幾分の採光と換気もあるが、とても薄暗く、やや湿気も帯びている。国内の法医学者は慢性的に不足しており、この大学も和田一人だけだ。

ほぼ毎日ある解剖を見学する学生が集まる時以外は、ほとんど人の姿はない。

高村は、『解剖室』のプレートが掲げられた鉄製の扉を開いて中に入り、部検室の入口にあるフットスイッチを蹴ると自動扉が開いた。

「先輩、お久しぶりです。どうですか検事のほうは。随分偉くなられたと聞いていますが」

処置を終えたばかりなのか、解剖台の掃除に余念がない和田が手を休めて笑顔で迎えてくれた。

五年前に会った時と比べると、随分肉づきがよくなって頭髪も薄くなっていた。

「今しがた一体ゼクしました。シュライバーと見学の学生も引き上げました。我々の頃は、ゼクの予定があると学食前のライトが点灯して教えてくれましたよね。今はＬＩＮＥで学生に知らせます。時代を感じます」

ドイツ語を使いたがる昔気質《かたぎ》の医学者は多い。和田もその一人だ。

「本村庄一郎の事件を担当している。司法解剖の鑑定書におまえの署名があった」

「本村？　ああ、あの大柄な死体ですね。最速でゼクしてその日に遺族と一緒に戻ったようです。さぞや感謝されると思ったら、ひどく泣かれたと聞きました。眼球の周辺に随分メスを入れたので人相が生前と別人になったらしいです。日本人って弔いの死に顔にこだわりますよね。どうせ火葬にするのに」

和田に悪びれる様子はない。

「だいたいのところは鑑定書や捜査報告書で分かるけど、少しだけ確認したい。時間いいか？」

「今日のゼクは終わりました。昔話は大歓迎ですが、面倒くさい話は苦手だな」

「昔話はあとだ」

高村がそう告げると、和田は排液の入ったバケツを床に置いた。

その後、甘酸っぱい臭いが残る解剖室の片隅で、メモを取りながら小一時間、本村の解剖所見の確認をした。

解剖室に夏の終わりを告げる蝉の鳴き声がかすかに届いた。

「そこで昔話だけど、おまえ、手塚素子って知ってるか？」

「あー、学部の後輩ですね。直接は知りませんが、ボクが外科の外来医長をやっていた頃、確か研修医でした。医学部に入った時から精神科の医者になるって決めていたそうです。ただ三年前に強姦のうえ殺害されたって？」

「そうそして、その素子の妹が、おまえ愛用のそのバイオハザード解剖台に本村を送り込んだ張本人。今回の事件の被疑者だよ」

「へー、そうなんだ。なんか奇遇ですね。素子の事件に関係があるのですか？」

和田の目に少し好奇が宿った。

「そこは関係ない」

高村はキッパリと言った。

「素子は司法試験にトップで合格した先輩に凄い興味を持っていたと聞いたことがあります。なんでも研究室に代々受け継がれていた先輩の法律書も全部彼女が持って帰ったとか」

(素子が持って帰った)

高村は心の中で呟いた。

「和田、ところでおまえのコレクションを見せてもらってもいいか？」

「えっ、何のことですか？」

「解剖した臓器の一部を、遺族の承諾なく無断で保存しているだろう」

「……」

和田は口を結んだ。その頬は明らかにこわばっている。

「死体解剖保存法十七条違反。おまえのところから返還された遺体が不自然に軽い時があって、俺が自らエコーで調べた」

高村は威圧的な視線を和田に送った。

和田は薄くなった頭を掻いて、観念した様子で白状した。

「バレてましたか、やはり先輩には敵《かな》わない。確かに、死体の全部又は一部を標本として保存するには遺族の承諾を得るのが原則です。ただ、そこは結構グレーです。法医学者は解剖心得として、『死者や遺族に対して礼節を重んじる』とか、高尚なことを言っていますが、医学教育と研究の向上とか適当な理由をつけて、取り出した臓器を遺族に無断で保存することがあります。地下鉄サリン事件の犠牲者の遺体の臓器が遺族に無断で保存されていたことは広く知られています。遺体は間もなく荼毘《だび》に付されるので先輩みたいな人がいない限り基本バレない。ただボクのは、ご指摘の通りご法度《はっと》です。こちらの部屋に来てください」

和田は解剖室の奥にある一室に高村を招いた。

その部屋は会議室一部屋分くらいのスペースがあるが、壁から天井まで一面コンクリートの打ち放しで、開口部は一切なく文字通りの地下室だ。そして、天井まで届きそうなスティール製の棚が壁際にいくつも置かれていて、そのうえには円筒の密閉ポリ容器に入った、さまざまな色彩の液浸臓器がずらりと並んでいる。高村は留まるだけで息苦しく感じた。空調のスー、スーという音が寝息のように聞こえる。

「こうして毎日毎日死体ばかりを相手にしていると、愛しくなって、なんか手許《てもと》に形見を残したくなるのですよ」

和田は液浸臓器を前にして高村に解説を始めた。

「先輩、自己融解はご存じですよね。死んだ内臓は組織が壊れて、分解酵素が漏れ出して、自分で自分を溶かしてしまう。ただ、それが一番早い臓器は何か知っていますか?」

高村は密閉空間での不意の質問に返答に窮した。

「あれ、先輩にも分からないことがあるのですね」

和田は高村にマウントを取った気分になった。

「まあ、臨床だけなら無理もないです。ただ、急性膵炎と理屈は同じです。アミラーゼ、トリプシン、リパーゼという強力な分解酵素を持つ膵臓は死後二十四時間で溶けてしまう。それで、ここにある膵臓ですが、運河の溺水で死亡した女子高生のものです。すぐに見つかって引き揚げられて、ボクの教室に来ました。膵臓を最優先して取り出したので融解が最小限です」

和田は卵焼きをホルマリン液に浸したような臓器に顔を近づけた。

「淡黄色を残してまだ綺麗でしょ。これは宝物です」

和田は膵臓の入った円筒のポリ容器に頬ずりした後、右側の机へ移動した。

「そして、これが例の本村の眼球です。損傷は角膜を破って水晶体にまで達しています。しかも右目のほうは眼窩下壁が骨折していました。再建できたとしても視力は完全には戻らなかったでしょう。この眼球は後日の再鑑定に備えて正式に手続きをとって保存しています。でも、こっちは形見です」

その赤黒い大きな固まりは眼球の隣でホルマリンに浸かっていた。

「本村の心臓です。見てください、バイパスのオペ跡があります。心臓に持病を持っていたようですね」

和田は両手でバイパスのオペの真似をした。

「あれっ、先輩のその顔は、こいつ完全にイカれてるって感じですね。人の命を救うことに関わらない医者の世界はなかなか分かってもらえないですよね。でも、首都圏の司法解剖はボクを含めて大学附属病院の法医学者十数人でまわしています。心外なのは監察医と一緒にされることですね。彼らは事件性のない事故死や中毒死の行政解剖が主戦場です。まあ事件性があるとか、ないとか、実際にゼクしないと外表からは本当は判らないのですけど、そこは法の不備で先輩の領域ですね。ボクがいなくなって困るのは警視庁と東京地検ですよ。持ちつ持たれつ、これからもよろしくお願いします。この部屋は閉めますね」

和田は鋼鉄の扉を閉めた。

「臓器の横流しは看過できないが今回は目をつぶる。証人の件はくれぐれも頼んだぞ。それから本村の心臓手術のことは黙ってろ」

高村はこう言い残して、法医学教室を後にした。

二日後、佐織の取り調べは元木検事が代わった。元木は任官四年目で、最近、特別捜査部、いわゆる特捜から刑事部へやって来た。特捜は、〈最強の捜査機関〉として、エリート集団のイメージが強いが、歴代の特捜部長は圧倒的に私大出が多い。元木は学部こそ違えど高村の大学の後輩であり、私大や地方大出の上司に仕えるのは不快だ。今回の異動で最強検事の下、ようやく検察官らしい仕事ができると正義感に燃えていた。もう二度と特捜に戻るのはご免だ。

「検事の元木です。今日は代役です」

「そうですか」

佐織は若い名代《みょうだい》の登場に少し興味を示して、笑みを含んだ。

「先日行った、あなたの自宅の家宅捜索についてお聞きしたい」

「ええ」

「家宅捜査の結果、犯行につながるようなものは、何も出ませんでした」

「偶発的な事件なので、むしろ当たり前だと思います」

「いえ、そうではなく、出なさすぎるのです。ここ最近のあなたの活動、例えばＮＰＯ関係の資料も一切なかった。あなた自身や家族の関係品も。これは本当に偶発的な事件なのですか。何かを隠していませんか？」

「検事さんは特捜から来られたらしいですね。この部屋はある検事の借り物だということを、いつもの検事さんから聞いています。そちらの質問を受ける前に、こちらから質問してもよろしいですか？」

元木はこの状況に少し困惑した。特捜時代は押収物の証拠分けなどの下働きがメインで取り調べの経験はない。最初の赴任地は東北の地方検察庁の区検で、犯罪といえば盗犯かせいぜいひったくり程度であった。

高村からは佐織は才知が働くので、うかつな応答はしないようにと聞いていた。一方で、〈被疑者との親和に務めるべし〉と、検察講義案に書いてあったのを思い出した。

「ええ、あの」

元木はどちらともつかない返事をした。

「今までに証拠をねつ造したことはありますか？」

佐織が鼻を鳴らして訊いた。

「何を馬鹿な。あるわけないでしょう」

元木の顔色が変わった。

「単純なねつ造なら家宅捜索で凶器やら犯行メモなどを仕込めばいい。ただ、何にも出ないってねつ造もありますよね。私の場合は傷害を認めているわけだから、それで逆に計画性を立証できる。家宅捜索を予想して資料を全部廃棄した。あなたの質問の意味はこうですか？」

「いいかげんにしなさい」

元木はまなじりを上げた。

「元特捜は証拠のねつ造を疑われても仕方がないんじゃないですか。だって、そういう過去を持っている。私人でいうところの前科と同じです。それで、そちらの質問にお答えします。私が何かを隠しているなら、それを見つける。それがあなた達の仕事じゃないんですか。黙秘権のある私に聞いてどうされたんですか?」

佐織は続けた。

「ところで検事さん、接見したい人がいます」

「誰ですか?」

「手塚素子です」

険しい表情で元木が訊いた。

「何を言っているのですか。お姉さんは既に死亡して……」

「ならば、姉を殺した犯人と接見させてください」

「それは……」

元木は言葉に詰まった。

「証拠をねつ造して真犯人を仕立てましょう」

佐織は腰を浮かして元木に顔を近づけた。うしろで待機する署員が慌てて少し反応した。

「馬鹿も休み休み言え!」

元木は目に角を立て、机を叩いた。

それを見て佐織は、鼻白んで腰を下ろし、口を開いた。

「何かを隠しているなら、それを見つける。隠れているなら、それも見つける。真犯人を捕まえることもできず、あなた達はただ権力を笠に着て、時には証拠をねつ造して真犯人を仕立て上げる。秋霜烈日など絵空事《えそらごと》。お金がなくてコンビニで二百円のパンを二回盗んだ老人は常習窃盗として正式な裁判に掛け、何日も拘置所につないだうえ懲役刑にする。政治家や身内の犯罪は不起訴処分か、せいぜい略式起訴にして罰金刑で済ます。そんなあなた達に正義を語る資格などない。少なくとも私は期待していない」

佐織の話は終わった。

高村の忠告を無視して、うかつに佐織の質問に応答したことを元木は後悔したが、最後は、「上司に報告します」とつっぱねって、取り調べを打ち切った。

その頃、高村は現場の洋館の一階ホールに一人で立っていた。二階の窓にはステンドグラスがはめ込まれており、ホールは吹き抜けになっていて、高村の足下には外光で浮かび上がった紫色の花の造形が投影された。

現場は被害者の遺体が運び出され、簡易な清掃が行われた以外、概ね事件当時のままである。

高村はホールの中央で静かに手を合わせた。それから二階へ続くかね折れ階段に足を掛けた。階段は蹴上《けあげ》が三十センチほどもあって、長身の高村でも一段毎《ごと》に少し筋力が要る。階段の途中に踊り場が造られ、二階の廊下が欄干《らんかん》越しに見える。その踊り場から三段上がった階段の踏面《ふみづら》が大きく凹んで、そこから高村の足下にかけて血の溜まりがあったと思われる黒ずみが残っていた。被害者が落下して後頭部を打ちつけたとしたらここであろう。

高村は懐中からレーザー距離計を取り出し、大きく凹んだ踏面から二階のフロアまでの水平距離と高さをそれぞれ測って、手帳を取り出し書き留めた。それから、階段を下りて踊り場と二階のフロアを手すりと欄干越しに一枚の写真におさめた。そして、そのまま二階へは上がらずに、両側に部屋が連なる一階の廊下を歩いた。一部の床材は傷みが酷くギシリギシリと大きく沈む。

扉が少し開いた一室の前を通過しようとして足を止めた。室内から虫の鳴く声が聞こえる。覗き込むと書斎と思われる洋室の窓際に置かれた木製机の上でコオロギが羽をこすり合わせている。高村は扉を全開にして室内をぐるりと見渡した。天井まで届きそうな大きな本棚が壁際に二個置いてある。高村は何かを感じたのか、左手を口にあてながら本棚を下から舐めるように仰いだが、やがて視線を落とすと、そのまま室内には入らず洋室の扉をバタンと閉めて出口へ向かった。

屋敷から出ると、南東方向の木造建物の二階から女がこちらの様子をうかがっているのが見えた。高村は気にせず、道路を南に歩いて現場を後にした。

数日後、元木検事の部屋で佐織の前に高村が座った。佐織の勾留は間もなく二十日になろうとしていた。事務官、新宿署の署員、司法修習生と臨席はこれまでの取り調べとほぼ同じであるが、検察修習を終えた三上温子の姿はなかった。

「では、始めましょうか」

高村はこれまでに比べるとやや穏やかな口調である。

「今日は少し世間話をしませんか。まあ肩肘《ひじ》張らずに聞いてください。あなたが公判で主張される予定の正当防衛の話です。それから何日か前に、あなたがうちの元木に話した内容にも関係しているかも知れません」

高村は足を組んで、その足に肘《ひじ》を乗せて拳《こぶし》で頬杖《ほおづえ》をついた。

「正当防衛に関して有名な裁判例があります。東海地方のある都市で起きた事件です。女は暴力団員から殴る蹴るの暴行を受けて、二度にわたって性的暴行を受けた。そして、男から『三十人の仲間を呼んだ』と聞かされた。すると、女はその男の頭や下腹部をビデオデッキで殴打して逃げた。男は脳挫傷により死亡した。間もなく女は捕まって殺人罪で起訴された。裁判で、被告人の女は、あなたと同じように正当防衛で無罪を主張した。そりゃそうでしょう。これから三十人もの男から性的暴行を受け、その先も考えたら恐怖で、男を殺してでも逃げたくなりますよね。

それで判決はどうなったと思いますか？」

高村はスーツの胸ポケットからノック式のボールペンを取り出して、指でクルリと一回転させて止めた。

「裁判所は正当防衛を認めず女を殺人罪とした。どう思います。これが正義ですか。不条理だと思いませんか。こんな判決になるのは日本が欧米と比較して正当防衛（Self-Defense）という箱の設計が小さいからです。それはどちらの設計が優れているかという問題でもない。ただ箱が大きいか、小さいか、だけです。弁護士や検察官も軽々しく正義を口にしますが、正義なんて極めて相対的な概念です。その国の為政者が作った箱に入るか、入らないか、それだけの話ですよ」

高村は足を組むのを止めて、代わりに両手を組んで机に置き、佐織に顔を少し近づけた。

「ところで、あなたはうちの元木に、『我々には正義を語る資格がない』と言ったみたいですね。日本国憲法を読まれたことがありますか。裁判官の身分保障については詳細に書かれている。弁護人の権利もそれなりに保障されている。しかし、検察官に至ってはそれがない。法曹三者の中で我々検察は影の薄い存在です。こんなに巨大な建物を裁判所と弁護士会館の隣に建てて威容《いよう》を誇り、国民はもとより裁判官や弁護士をも威嚇するのはその存在の根拠が希薄な裏返しでしょう。検察官の身分保障をしているのは憲法ではなく検察庁法です。すなわち法律。法律を作るのは国会。政治家は都合のいい時だけ検察を司法と呼びますが、我々は何処《どこ》までいっても行政官僚です。

見えない悪しきものには構造的に辿り着けない。そして、そもそも悪しきものが何かも我々が決めるところではない。なので、検察に正義（Justice）の執行者を期待すること自体がお門《かど》違いですよ」

　高村は両手を小さく広げた。

　佐織は高村の話を聞いている間、膝の上で拳《こぶし》を握り続けた。手首には手錠による皮下出血の跡がはっきり残っている。

「ところで、取り調べは今日で終わりです。お疲れさまでした。本日、裁判所に公訴を提起します。ただ、こちらの起訴罪名からすれば保釈の可能性は限りなくゼロです。他方、裁判員裁判になるので公判は早いですよ。では、これで」

　高村はすっと席を立って、その後に司法修習生が足早に続いた。


　数週間後、洋館の前には清掃業者の車が停まっていた。自殺や殺人等の現場を特殊な薬品や機材を使って掃除するエキスパートだ。被害者が血まみれで息絶えた、階段の踊り場は今は綺麗に清掃されて、その跡形《あとかた》はない。汚れが落ちない床材の一部は張り替えたようだ。一人の作業員が二階の清掃に取りかかって、ゲストルームの床の表面の黒い固まりをスクレーパーで削ぎ落とし始めた頃、床材の隙間に光るものを見つけた。

新宿署の刑事課は慌ただしくなっていた。

「班長、今、連絡があったのですが、特殊清掃業者が、例の屋敷の二階から携帯電話を見つけたそうです。朽ちた床材の隙間に挟まっていたようです。プリペイドＳＩＭカードを使った飛ばし携帯のようで契約者は割れませんが、端末識別番号は上書きされていなくて、鑑識がキャリアを通じてデータ通信の発信ログを確認しました」

鑑識係から走って戻って来た吉川が息を切らせて報告した。

「その携帯電話は、現場にいた本村か、手塚佐織の遺留品か？　発信ログの着信先はどこなんだ」

報告を聞いて田崎が吉川に尋ねた。

「着信先は手塚佐織の携帯電話と判りました」

「えっ！　じゃあ発信元はどこなんだ？」

「キャリアの回線は借り物なので、データ通信の発信場所は二十三区西部またはその周辺としか判らないようです」

吉川が残念そうに答えた。

「その発信者は足りないピースかも知れません」

山城がぼそっと言った。

「ただ携帯電話内のフォルダーに数枚画像があって鑑識から送られてきたのがこれらの画像です。待ち受けはこの女児の画像。あとは一軒家と周辺の画像数枚。携帯電話の持ち主の娘と自宅ですかね？」

吉川が自身の携帯電話に送られて来た画像を山城に見せた。

「このアドレスにその画像データを送ってもらえますか」

山城は吉川にアドレスが記された紙片を渡した。

「検察から補充捜査の要請はありませんが」

「大丈夫です。すぐに送ってください」

「分かりました」

吉川は紙片を片手に携帯電話を操作した。

「田崎さん、車をまわしてください。行きたいところがあります。甲州街道を西へお願いします」

山城は京王線千歳烏山駅前にある不動産鑑定士事務所を訪れた。不動産系士業が複数入居するタイル貼りの六階建てビルの四階にその事務所はあった。田崎は車で待機している。

「できた！」

オフィスに入ると五十代半ばのロマンスグレーの男が製本の終わった鑑定評価書の背表紙を山城に見せた。

「厚さ一センチが百万円でしたね」

ため息交じりに山城が感心して言った。

「そうそう、だからこれは三百万円。えっ、あっ、そうか。さっき画像が送られてきたよ」

ロマンスグレーの男は隣のパソコンデスクに座り直した。

「富田さん、その画像で場所を特定できますか？　都内のどこにでもありそうな一軒家ですが」

富田は不動産鑑定士で、不動産プロファイリングの専門家でもある。富田も山城の《チーム》の一員だ。

「うーん、確かにどこにでもある住宅街だね。ただ、特定する情報は色々あるよ。まず、住宅の隙間から見える画像の上部を横断するこの電線。これはカテナリー吊架《ちょうか》式なので軌道上のものだな」

富田は都内の鉄道路線図をパソコン上に広げた。

「つぎに右の奥の方に高圧鉄塔が写っている。それでこの高圧鉄塔のガイシを拡大してみると……」

富田は老眼鏡を掛けてガイシの数をかぞえた。

「どうやらガイシは七つあるようだ。このサイズのガイシはひとつでおよそ一万キロボルトの絶縁なので、これは六万六千キロボルトの規格の高圧線だ。つまりこの画像は鉄道と高圧線が交差している所で撮影されたものだ。そして東電の六万六千キロボルトの高圧電線の系統図はこれ」

富田は先ほどの鉄道路線図に高圧線の系統図を重ねた。

「次の画像。前の画像の高圧鉄塔がこれ。そして、周辺に写っているマンションは全て三階建て。おそらく高度規制が十メートルと厳しいので三階しか建てられないのだろう。あと、ここに写っている田んぼの周りには戸建て住宅が建ち並んでいる。この田んぼは生産緑地の指定を申請して減税措置を受けているのは間違いない」

富田は都内の高度地区の図面と生産緑地指定図をさらに重ね合わせた。すると、練馬区の一角がパソコン画面上で反転した。富田は反転した一角を拡大した上で、航空写真の画面に切り替えて、次の画像をパソコンの右上にドラッグした。

「最後は近景の画像。目的の一軒家が写っている。屋根は瓦ではなく灰色のスレート葺きで太陽光温水器みたいなものが少し見える。こちら側にバルコニーが写っていないので、北側から撮影された可能性が高い。しかも、建物が画角一杯に写っているのは、おそらく撮影した前面の道路が狭いからだろう。縁が微妙に歪んでいるのは二十八ミリレンズを使って撮影したから。それで、この奥行き感からすると道路の幅員は三、四メートルで狭いな」

山城は息を呑んでパソコン画面に見入っていた。

「これらの情報を頭に入れて航空写真上で探すと、ここだな。練馬区南大泉のこの一軒家。最後にストリートビューで確認すると、はいビンゴ！」

近景画像とストリートビューの画面が一致した。

「富田さん、助かります」

山城は礼を言った。

実は、富田も幼少期から山城と似た症状を抱えている。不動産鑑定士は、路線価や固定資産税評価など官公庁の仕事がメインで、営業に走ることなど滅多《めった》にない。顧問先も持たない。不動産はもちろん喋らないので、人間の精神鑑定のような煩瑣《はんさ》な問答も不要だ。富田はそれでこの職業を選んだ。

症状と向き合いながら懸命に犯人を追う若者の背中を押す気持ちで《チーム》の一員になった。自身の能力の範囲で、なんでも力になってやりたいと思っている。

「お安いご用だ。簡単過ぎて誘われているようにも思うくらいだが……」

富田はパソコンデスクから立ち上がった。

「例の新大久保の事件を追っているんだろ。あの洋館は趣味嗜好を凝らした究極のオーダーメイドだ。気をつけろよ」

富田は背中を軽く叩いて、山城を送り出した。

(折檻《せっかん》部屋でもあるのか?)

山城は心の中で呟いて車に戻るとメモした住所を田崎に渡した。

「田崎さん、頼みます。すぐここに行きます。残りのピースはここにいます」

ナビに従って、井《い》の頭恩賜《がしらおんし》公園の脇を抜けて北上し、二十分程度車を走らせると、遠くのほうに高圧鉄塔が見えてきた。さらに、走ると三階建てのマンションが数棟目に入った。ひとつのマンションの裏手には農地が広がり、トンボがたくさん飛んでいる。農地の東南の角に《生産緑地》の看板が立っている。高圧鉄塔の架線を北方向に辿ると黄色い電車が走っているのが見える。西武池袋線だ。

「おそらく遠景の一枚はこのあたりで撮影されたものだろう」

山城は助手席で遠景画像と周囲を照らし合わせた。ナビに従い踏み切りを渡り右へ曲がると、一気に街路が狭くなって車一台がようやくだ。狭い街路を何度も切り返しながら数分走ると、乳白色のモルタル塗りの一軒家の前でナビが目的地への到着を告げた。

「この家ですね」

富田が言ったように四メートルにも満たない幅員の狭い道路に面する、北向きの一軒家だ。

「画像とぴったりです。ただ、令状はありません」

田崎は車のエンジンを止めて山城の指示を待つ顔をした。

「南側から行きましょう」

山城が辺りを見回した。

「そうですね」

田崎は手を伸ばして車のダッシュボードから黒い厚手のグローブを取り出した。

山城らは車から降りると、一軒家の門扉の打掛《うちかけ》錠を外して敷地に侵入し南側の庭に回った。長年剪定されていない庭木が数本あって周囲の住宅から目隠しになっている。山城らはリビングと覚しき掃き出し窓に取りついた。

田崎がグローブをはめた右手でサッシの窓ガラス上部に見えるクレセント錠付近を短いストロークで叩くと黄みがかったガラスはいとも簡単に割れた。するとサッシの割れ目から腐臭が漂った。田崎はグローブで口と鼻を覆って後へ下がった。山城は急いで、割れ目から手を差し入れ、錠を外してリビングから建物内に入った。田崎も続いた。

山城もハンカチで顔の下半分を覆った。臭いは二階から漂ってくる。山城が二階へ上がろうとして階段の一段目に足を掛けた時、階上で見たものは、ロープに首を掛けて無造作にぶら下がる男であった。ロープの片方は天井収納庫へ上がる折り畳み式階段の鉄製の手摺りにつながれている。男の体から絞り出された体液が着衣から滴《したた》って、階段を伝って山城の足下にまで及んでいた。

「遅かった」

山城が小さく洩らした。

通報して間もなく、練馬警察のパトカー数台が狭い街路に数珠つなぎになった。山城と田崎は規制線の辺りで遠巻きに練馬署署員の現場臨検を見ていた。

「ピースは消えましたね」

田崎は無念の表情を浮かべた。

鵜飼《うかい》はベテランの部類に入る検視官である。年末も正月もなく、昼夜を問わず死体と向き合う検視官は、通常二、三年で退官する。ただ、鵜飼は検死官としてすでに六年を経過していた。配置換えの希望を出さないことが一番の理由だ。副署長の椅子が待っていると噂する者もいるが、案外性に合っているのかも知れない。

「身元は？」

鵜飼が部下の若い刑事に訊いた。

「この家の持ち主のようです」

若い刑事が答えた。

「鑑識は何と言うてるんや？」

「死後二、三週間ぐらいと」

「遺書は？」

「まだ見つかっていません。ホトケを下ろしますか？」

「ちょっと待ちーな。索条の走行を撮影してからや」

「おい新人、首吊りの死因は何や？」

鵜飼は首吊り死体を色々な角度からフラッシュを焚いて写真に収めながら訊いた。

「それは窒息死では？」

「馬鹿たれが！」

「おい新人、その椅子をこっちに持って来い。それからペンライトを貸せ」

鵜飼は椅子の上に立ち上がって、突出した舌を避けながら、飛び交うハエを手で払って、首吊り死体の瞼をこじ開けるとペンライトで入念に眼球を観察した。

「こりゃ他殺やな。自殺に見せかけた偽装殺人や」

「えっ！　本当ですか？」

若い刑事は驚きを隠さなかった。

「ワシが今まで嘘言うたことがあるか。よう見てみ。眼球にうっ血点があるわ」

鵜飼は若い刑事に促した。

若い刑事は首吊りに使われたと思われる椅子に乗ることを躊躇したが、代用する物も見当たらず、上司の命令に従わざるを得ない。

「新人、首吊りの死因は窒息とちゃうで。それから絞殺の死因も窒息とちゃう。人間の気道は頑丈にできてて、そんな簡単にはギュとはいかへんねん。ほとんどは首の中にある血管の方がギュッとなってもうて、脳ミソの酸素欠乏で死ぬんや。ほんでじわじわ血管を絞められへんと、眼球にそんなうっ血点は出えへん」

若い刑事は眼球を覗くが鵜飼の説明が分からない。正直、説明はどうでもいいから早くこの椅子から下りたかった。

「つまりこのホトケさんは、首を吊って一瞬で死んだのではなく、誰かさんにじわじわ首を絞められて死んだちゅうわけや。よう聞いときや」

鵜飼は若い刑事の顔色が悪いのに頓着せず、自慢気に講釈を続けた。

間もなく規制線の周辺が騒がしくなった。黒塗りの車が狭い道路いっぱいに停まった。

「田崎さん、あれ」

山城が田崎に目配せをした。

「なんですか？」

「私たちの車両のカーロケ情報が抜かれていたみたいです」

山城が残念そうに言った。

「おやおや、Ｐさんがお出ましだ」

田崎がざわつく現場を見ながら呟いた
見ると、仕立ての良いスーツを身にまとい白手袋をした長身の男が、同じく白手袋をした部下と思われる三人を引き連れ、練馬署の鑑識係をかき分けて建物に近づいた。その中には元木の姿もあった。

「はい、所轄の皆さんご苦労様です。あなた方の検視はここまでです」

部下の一人が口を開いた。

「地方検察庁の高村です。刑事訴訟法第二百二十九条。検視は本来、我々検察の仕事。今回はこちらで引き取ります」

高村が部下を連れているのは珍しい。

もう一人の部下が続けて、「最近、自殺にみせかけた殺人が多いので、あなた方警察の代行検視を監視するよう検察庁直々の一般的指示が出ています」と大きな声で牽制した。

最後は元木が、「要するに、警察には自殺か、他殺か、判らない検視官が多すぎるってこと。

なので所轄は下がって下がって」と言いながら、手で追い払うしぐさを見せた。

高村は建物の一階に入って手を合わせた後、周囲を見渡した。そしてスーツを脱いで階段を上り、元木も続いた。高村は例の椅子に上がって、宙吊りになった男を入念に調べた。

「これは明らかに自殺だよ。偽装殺人って言ったのは誰？」

「私です。眼球にうっ血点が顕著に見られます」

鵜飼は高村を仰ぎながら不満気に言った。

「だから警察には任せられない」

続けようとする元木の言葉を高村が遮《さえぎ》った。

「確かに、目にうっ血点はある。じわじわと窒息する絞殺と違って、首吊りは脊髄の神経の破壊で一瞬にして死を迎えるから通常はこんなうっ血点は出ない。そこまでは正しい。ただし、絞殺された場合のうっ血点は眼球の中心に近づくほど紫色に凝固する。このうっ血点にはそれがない。その理由は、おそらくこうして首を吊る前に、軽く自分の首を絞めたからでしょう」

「自分の首を絞めた。検事、どういうことですか？」

椅子から下りた高村に鵜飼が尋ねた。

「自殺の方法を変えたのですよ。建売住宅は首吊りには不向きだ。一階のリビングのドアノブが壊れて横にバスタオルが落ちていた。おそらく、この男はあのドアノブにバスタオルを掛けて一回首を吊ったのでしょう。首が完全に絞まる前にドアノブが壊れた。そこで軽いうっ血点ができた。それから方法を変えて天井収納を見つけ、縄によるハンギングに変えた。ドアノブにはバスタオルの繊維が付着しているはず。ドアノブを微物鑑定にまわしてくれ」

高村は練馬署の鑑識係に指示をした。高村の検視に、鵜飼は舌を巻かざるを得ない。

「鵜飼警部、遺族を探索して連絡をお願いします」

高村は鵜飼に頼んだ。

「分かりました」

鵜飼は背筋を伸ばして高村に敬礼した。

「遺書があるはずだ。遺書を探せ」

高村の命令を聞いた部下の検事は、署員を押しのけて一斉に建物内に散った。

高村は宙吊りの男の頭越しに、折り畳み式階段を上り天井収納庫に頭をつっこんで、辺りをペンライトで照らした。小屋裏の天井材には雨漏り跡が見られる。ダンボール箱が数個置かれているが、湿気のせいか形状が変形している。

高村はダンボール箱の隙間に置かれた封筒を見つけた。その場で開封するとA4サイズの紙片が入っている。暗いが、拙《つたな》い字で何らか綴《つづ》られている。高村は紙片を封筒に戻してスラックスの後ろポケットに入れると、

「全員引き揚げるぞ！」

天井収納庫から頭を抜いて大きな声を出した。高村は一階に駆け下りるとスーツを着て、その封筒をスーツの内ポケットに仕舞った。

個々に建物の中から出て来た検事は、一軒家の門扉から道路に出ると、高村を先頭に車のほうへ踵《きびす》を返した。一方、山城と田崎は練馬署の係長に携帯電話で呼ばれて、建物のほうへ向かった。

狭い街路で肩が触れそうなほど僅かな距離で、高村と山城はすれ違った。高村は何かを感じたのか山城を横目でチラッと見た。山城は真っ直ぐ前を見ていた。黒革のビジネスシューズと白いランニングシューズを履いた、それぞれの脚が交差し、やがて気配は互いに遠のいた。

第三章　殺人犯

佐織の事件は東京地方裁判所第三刑事部に配点され、担当裁判官三名が決まった。

裁判長の東尾は、

「民事裁判は所詮カネでしょ。私は刑事裁判しか判りません」

と言い切って憚《はばか》らない刑事裁判一筋三十年の大ベテランだ。

従来どおりであれば、東京地検は地裁に対応する形で公判部に所属する検察官が立ち会いをするが、本件は次席検事の高村が主任であるため公判も高村が担当する。もちろんこれも高村の意向に沿ったものだ。

本件は、裁判員裁判となり証拠と主張を整理する公判前整理手続《こうはんぜんせいりてつづき》をすでに経て、第一回公判期日を迎えた。この間、佐織の保釈請求は二度却下された。

開廷前の動画撮影が終わり、裁判所職員が機材とともに法廷から退出した。

「裁判員の選任が終わりました。では公判を始めます。被告人は証言台の前へ」

東尾裁判長の声はよく通る。帯同して入廷した警察署員が佐織の腰縄と黒金《くろがね》の手錠を外した。

裁判長による人定質問が始まる。

裁判長に促されると、佐織は証言台に立った。

「名前は?」

「手塚佐織です」

「生年月日は?」

「平成六年一月二十三日です」

「住居は?」

「東京都渋谷区神泉町××番地エムフラット神泉三一三号です」

「本籍地は?」

「滋賀県大津市膳所二丁目××番地です」

「職業は?」

「今は無職です。前は看護師でした」

「被告人は席に戻ってください」

佐織は、裁判長と左右の陪席裁判官、それと六名の裁判員と一通り目を合わせて、軽くお辞儀をした後、被告席へ戻った。

「では検察官、起訴状の朗読をお願いします」

「はい」

高村は検察官席で立ち上がった。

「公訴事実。被告人は、本年七月二十七日午後十一時四十分頃、東京都新宿区大久保町所在の木造二階建て家屋に正当な理由がなく侵入し、そこで出くわした本村庄一郎、当時五十八歳の顔面に向けてクラヴマガという武術の目潰し技を繰り出し、両眼球破裂の傷害を負わせた。その後、被告人は目が見えなくなって十分な抵抗ができない同人を同家屋の二階から一階へ通ずる階段上から突き落として、頭部陥没骨折による失血死により殺害したものである。罪名及び罰条。住居侵入罪、刑法第百三十条。傷害罪、刑法第二百四条。殺人罪、刑法第百九十九条」

殺人罪——！

傍聴席の最前列の記者席は一斉にどよめいた。法廷を走って出て行く者もいる。ただ弁護人席の土田は黙って高村の起訴状朗読を聞いていた。温子は傍聴席から心配そうに見ていた。

さかのぼること二ケ月前。土田と温子はセンチュリーホテルのロビー隅のいつもの喫茶室で話しこんでいた。土田は沈痛な表情で言った。

「これ昨日、裁判所から送達された手塚佐織の起訴状の謄本。一ケ月後に公判前整理手続だとさ」

「えっ、傷害と殺人の併合罪。警察の送致の罪名は傷害致死って言ってなかったっけ。しかも傷害と死亡との因果関係もはっきりしないって」

「こっちも驚いた。勾留請求も被疑事実は傷害致死だろ。そもそも殺人罪で起訴するのは違法じゃないのか?」

「あなた、やっぱり落ちこぼれ。勾留は起訴の要件じゃない。今回、検察が殺人罪で起訴したのは、刑訴法の趣旨に反する手続きじゃないわよ」

「そんなもんか」

土田は舌打ちをした。

「これまで高村検事が立件できなかった事件は一例もないの。殺人罪で有罪にできる自信があるから殺人罪で起訴した。その手塚って被告人はどんな人なの。本当に殺ってないの? どっちにしても追い詰められた。土田弁護人しっかりしてよ」

「おまえ、今、検察修習の最中だよな。何か高村検事が殺人の核心に至った情報とかないのかよ?」

「検察修習なんてとっくに終わってるわよ。それに高村検事は捜査も公判もほとんど人を使わないから今のところ何も情報がないわ。傷害致死の立件もあやしいって言うから即決裁判手続による執行猶予の取り引きを教えてあげたのに、高村検事が相手だとこんな感じだわ」

温子は大きく両手を上げるジェスチャーをした。

「まあ高村検事は背も高いし、愚痴もなさそうだし、タイプかな?」

温子はうなだれる土田に追い打ちをかけた。

予定どおり一ケ月後に公判前整理手続が始まった。

裁判員制度が始まり、殺人事件を始めとする重大事件は裁判員裁判に付されることとなった。ただ、裁判員は職業裁判官ではない仕事を持った民間人であり、公判で長期に拘束することはできない。そこで公判に先立ち、予め争点や証拠を整理して、公判を短期間で終わらせる必要が生じた。

争点や証拠の整理のため、公判前整理手続では検察と弁護人双方が手の内、すなわち証拠を明らかにして、裁判所に証拠請求を行う。よって重大犯罪の場合は、公判前整理手続によって、ある程度公判における決着が見える。すなわち、この手続きの後は、新たな証拠の提出が原則認められないのだ。

あっと驚くような証拠を公判でいきなり提出して逆転する法廷ドラマのような展開は今の裁判

員制度のもとでは考えられない。ただ、高村は巧妙だった。公判前整理手続後に証拠を後出しする戦略を練っていた。

「検察官、証拠請求をお願いします」

東尾裁判長が公判に提出する予定の証拠を請求するよう高村に指示をした。

「はい、甲第六号証として証人津崎冴子《つざきさえこ》の検察官面前調書、同じく甲第七号証として法医学者和田淳哉作成の司法解剖鑑定書及び乙第二号証として被告人手塚佐織の検察官面前調書を証拠請求します」

「弁護人ご意見は？」

裁判長が土田に意見を求めた。

「これらの甲号証は全て不同意です」

土田が応えた。

それを聞いて、高村はニヤリとした。

「では裁判長、津崎冴子と和田淳哉の証人を請求します」

高村は即座に応答した。

通常、検察の立証活動は事前に録取した書面によることを常套《じょうとう》として証人の請求は避ける。なぜなら、事前の書面は取捨選択が可能であり、かつ内容も動かないからである。一方で、証人は弁護人の反対尋問を受けて、公判で発言を覆したり、あやふやになったりする可能性があり、証拠として危険だ。逆に、弁護人サイドからすれば、証人を公判に引きずり出すため、書面による立証活動に対して、「不同意」とするのがセオリーだ。

ただ、それも弁護人の力量による。弁護人の反対尋問が怖れるに足りないのであれば、証人を出廷させて、主尋問で事前の書面に書いていない証言を引き出せば、事実上、証拠の後出しに成功することになる。高村は土田の力量を見抜いて、この戦略を取った。

ただ、この企図を悟られないように、「不同意」にされて、やむを得ず証人を請求したような素振りを見せた。甲号証を漫然と「不同意」にした土田は一ケ月後の公判で窮地に立たされることになる。

高村の起訴状朗読が終わった。

裁判長は佐織に向かって、

「あなたには黙秘権があります。尋問の一部に黙っていることのほか、公判を通じて終始黙っていても構いません。もし証言した場合には、その証言があなたにとって有利にも不利にも証拠なることがあります。分かりましたか?」

と黙秘権の告知を行なった。

「はい。分かりました」

「では、それを踏まえて、被告人は今、検察官が朗読した公訴事実について意見がありますか？」

「はい、本村を傷害したことは間違いありません。ただ、それは私が、本村から暴行を受けたうえに、首を絞められて殺されそうになったからです。あと、本村を故意に殺害したことなどありえません」

「では、傷害の事実については認めるが、それはやむを得なかった。殺害については、犯意も含めて全面的に争われるということですね」

「そうです」

「弁護人ご意見は？」

「被告人と同じです」

「では、検察官は証拠により証明すべき事実を明らかにしてください」

土田が高村を見るのは、公判前整理手続以来だが、気のせいかあの時よりさらに大きな存在に見えた。

「分かりました。被告人は、本年七月二十七日午後十一時四十分頃、東京都新宿区大久保町所在の木造二階建て家屋に正当な理由がなく侵入し、そこで寝泊まりしていた本村庄一郎、当時五十八歳の顔面に向けて、クラヴマガという武術の目潰し技を用いて、両眼球破裂の傷害を負わせたうえ、視力が著しく減退し、抵抗力を失った同人を同家屋の二階から一階へ通ずる階段上から突き落として、頭部陥没骨折による失血死により殺害したものである。被告人は同人が階段から落下した後に、なんらの救護措置をとることなく、その場を立ち去っており、本件犯行に強固な殺意が見られることは明らかである。なお、被告人には五歳年上の姉がいたが、三年前に都内の霊園において性的暴行を受けたうえ、殺害され、犯人は証拠隠滅のために死体にガソリンを掛け、火を放ち、いまだにその犯人は捕まっていない。以来、被告人は性犯罪者一般に対する偏執的憎悪を抱くに至っており、勤務していた看護師の職を辞め、先述の武術の体得のため鍛錬を重ね、性犯罪者一般に対する復讐の機会を狙っていたものである。同家屋内では、先月の夜間においても、女子大生の強制わいせつ事案が報告されており、被告人はこういった事情をＮＰＯ法人の活動を通じて熟知した上で、ただ、性犯罪者への復讐を専らの目的に、正当な理由がなく同家屋に侵入し、被害者である本村に対して、自招《じしょう》したうえで傷害及び殺人に及んでおり、なんら正当防衛の成立する余地はない」

高村は被告人佐織の犯意と犯行動機を説明した。刑事事件の立証責任は全て検察が負う建前から、今後、検察は証言などの証拠を通じて佐織の有罪の立証を行なう。これに対して弁護人は反対尋問などを駆使して裁判官の有罪の心証を崩すのが刑事法廷の否認事件の構図だ。

検察官高村と弁護人土田。それぞれの威信と命運をかけた短期決戦の火ぶたが切って落とされた。

翌日の午前から検察側が請求した証人の尋問が始まった。

宣誓を済ませた証人は証言台に着席した。

検察側の証人の名前は津崎冴子である。

「では検察官、主尋問をどうぞ」

裁判長が促した。

「分かりました」

高村は検察官席で立ち上がり証人に顔を向けた。

「最初にお聞きします。あなたと被告人の関係は?」

「同じジムに通っていました」

「ジムの名前は?」

「藪倉ジムです」

「クラヴマガのジムですか?」

「そうです」

「知り合ったのは、何年前ですか?」

「二年以上前です」

「当時、そのジムには何人くらい練習生がいましたか？」

「五、六十人はいたと思います」

証人の女は淡々と答えた。

「そんな大勢の中で、どうしてあなたは被告人のことを覚えているのですか？」

女は少し記憶を喚起するかのように宙を見上げて、

「練習時間帯が同じだったことと、とても練習熱心だったので、ジムに入った動機を聞いて驚いたからです」

と答えた。

「その時、被告人は何と言っていましたか？」

「すごい練習熱心だねって聞いたら、『姉の復讐を果たすために、格闘技を習いに来た』と言っていました」

証人の発言を聞いて傍聴席が少しざわついた。

「復讐――。随分物騒ですね。それは、どこで聞いたのですか？」

「ジムのロッカールームです」

「ほかに人はいましたか？」

「いませんでした」

「被告人はほかには、何か言っていましたか？」

「『姉を殺した人間を必ず殺す』と言っていました」

裁判員は心証を表情に出さないように事前に注意を受けているが、証人のこの発言は、一人の女性裁判員の顔色を曇らせた。温子はそれを見逃さなかった。

「検察の主尋問を終わります」

高村は余裕の表情を見せて着席した。

「では弁護人、反対尋問をどうぞ」

裁判長が促すと、土田は弁護人席から立ち上がり、証人に近づいて尋ねた。

「被告人は、『殺す』と言ったようですが、あなたは友達の誰かが、誰かを、『殺す』って言っているのを聞いたことがありますか？」

「あります」

「例えば？」

「旦那が浮気をしたら、『殺す』とか、友達から聞いたことがあります」

「我々は日常的に冗談で、『殺す』とかよく言いますよね」

「そう思います」

「被告人が言った『殺す』もロッカールームでのそんな冗談の範囲ではなかったのですか?」

「いえ、今でも覚えていますが、その時の彼女は目を見開き、何かに憑かれたような表情だったので、この人なら本当に実行するかも知れないと思いました」

傍聴席が再びざわついた。

「分かりました。弁護人の反対尋問を終わります」

土田は頭を垂れて弁護人席に逃げ帰るように戻った。温子は心配そうに見ていた。

証人が宣誓を済ませてどっしりと証言台に着席した。

検察側証人の二人目は和田淳哉である。

「では検察官、主尋問をどうぞ」

高村は今度は、検察官席から離れて証人に近づいた。

「最初にお聞きしますが、あなたの職業は何ですか?」

「法医学者です。共立大学附属病院の法医学教室で働いています」

「次にお聞きしますが、この司法解剖鑑定書はあなたが作成したものですか?」

高村は分厚い書類を証人にかざしながら訊いた。

「はい、そうです」

「この鑑定書の内容に嘘偽《うそいつわ》りはありませんね」

「はい」

「あなたが作成したこの鑑定書は、本件の被害者である本村庄一郎についての司法解剖の結果を報告したものですね」

「そうです」

ここまで訊いて、高村は時計回りに体をゆっくり一回転させて、裁判員と裁判官それぞれと一通り視線あわせ、再び、和田の顔が前に来たところで静止して切り出した。

「ところで、被害者の受傷の程度は一般的に言って全治どれくらいでしたか?」

「両眼球の損傷は角膜を破って水晶体にまで達していました。しかも、右眼のほうは眼窩下壁が骨折していました。再建手術で失明を免れても視力は完全には戻らなかったと思います」

「それは受傷の程度が極めて深刻だという意味ですか?」

「そうです」

「被害者の死因は何ですか?」

「頭蓋の陥没骨折により、脳内の椎骨動脈が損傷されたことによる失血死です」

そこで裁判長から注意が飛んだ。

「証人は検察官ではなく、裁判官と裁判員に向かって大きな声で答えてください」

「はい。分かりました」

和田は法廷に響く大きな声で裁判長に返事をした。

「検察官は尋問を続けてください」

裁判長の言葉を受けて高村は尋問を再開した。

「和田さん、前を向いて大きな声で答えてください。陥没骨折の原因はなんですか？」

「二階からの転落による頭蓋の強打と思われます」

「陥没骨折した箇所はどこですか？」

「後頭部です」

「後頭部が陥没した理由は、後ろ向きに落とされたからですか？」

「異議あり！　誘導尋問です」

土田は間髪入れなかった。

事前に入念な打ち合わせがあるのだろう。高村と和田の問答は流れるようにスムースだ。裁判長も十分承知のようだが、なんとかこのリズムを崩さねばならない。土田も必死に隙をうかがう。

「異議を認めます。検察官は尋問を工夫してください」

「分かりました」

高村は冷静に返答した。

「後頭部が陥没した理由は、どのような可能性が考えられますか？」

「丈夫な後頭蓋《こうずがい》の骨折は希です。一定の高さから仰向けに転落する必要があります」

「それは自身で足を踏み外した場合には考えられますか？」

「考え難いと思います」

高村は笑みを押し殺して、尋問を続けた。

「分かりました。それでは次の質問をします。あなたの鑑定書からは判然としなかったので念のために確認します。被告人は被害者から性的暴行を受けたと主張しています。解剖所見からどう思いますか？」

「被害者の陰茎から女性の体液は検出されていません。なので、ありえないと思います」

「なるほど。性的暴行はありえない。それから、もうひとつ専門家のご意見をうかがいたい」

高村は、顔を被告人席の佐織にむけて、横目で証言者の和田を見た。高村がこのポーズをとる時は、被告人を追いつめる尋問を行うサインであることを温子は知っていた。

「首を絞められて、仮にその手を振りほどこうと抵抗した場合、何か跡は残りますか？」

「振りほどこうとした指による不整形の表皮の離脱が残ります。いわゆる防御創です」

「防御創が残る。分かりました」

高村は和田に向き直った。

「では最後に、動脈を損傷した人間を止血せずに放置した場合、どのくらいの時間で死に至りますか？」

「それは受傷の程度で異なります。ただ動脈栓塞という術式がある以上、即死というわけではないと思います」

「ありがとうございました。以上で検察の主尋問を終わります」

高村は検察官席に戻り、満足げに着席した。

「では弁護人、反対尋問をどうぞ」

土田は高村の戦略を理解し、司法解剖鑑定書を不同意としたことを悔《く》いた。それ以上に、和田淳哉の証言により裁判官や裁判員のほか土田にも疑念の影がさした。もっと言えば、佐織に対する不信感が芽生えた。ただ反対尋問しないわけにもいかず、

「経験則に照らして強姦犯人が避妊具を着けることは考えられませんか？」

自身でも陳腐な反対尋問だと思った。

温子は傍聴席で天を仰いだ。

宣誓を済ませた証人は証言台に着席した。

弁護人側が請求した証人の名前は住田千寿子《すみだちずこ》。この事件の通報者である。

「では弁護人、主尋問をどうぞ」

土田は弁護人席で立って、少し声を張って証人に尋ねた。

「最初にお聞きします。あなたの職業は？」

「職業はありません。専業主婦です」

「どちらにお住まいですか？」

「新宿区の大久保町です」

「それは、この事件が起きた洋館の近くですか？」

「はい。そうです」

「あなたは事件のあった七月二十七日の十一時四十分頃、何かを見ましたか？」

「そちらの女性が洋館から飛び出して南の方角へ走って行くのを見ました」

証人住田は佐織に顔を向けた。

「どうして気づかれたのですか？」

「男性の大きな声が洋館のほうから聞こえたので、窓から外を見ました」

「男性の大きな声が聞こえたから窓の外を見たら、被告人が走っているのが見えた、ということですか？」

「そうです」

「ちなみに証人の視力はどれくらいですか？」

「両眼とも1・2です。あちらの検事さんも事件の後に見覚えがあります」

証人住田は高村にも顔を向けた。

「ご協力に感謝します」

土田は少し慌てた様子で、裁判官と裁判員に向き直って訴えた。

「裁判官並びに裁判員のみなさん。ただいまの証人の証言どおり、被告人の逃走時に、被害者は声をあげてまだ生きていたことは明らかです。逃げた人間が、その後、どうやって被害者を殺すことができるでしょうか？」

高村は、土田の必死のアピールを検察官席で薄ら笑いを浮かべて眺めていた。

「では検察官、反対尋問をどうぞ」

高村は検察官席から長い脚をすっと伸ばして証言台に迫り、

「住田さん、最初にお聞きします。事件のあった夜に被告人以外の人間を見ましたか？」

「見ていません」

「あなたが聞いた大きな声ですが、頭を打って苦しいといった声ではなかったですか？」

「異議あり！　誘導尋問です」

土田が再び異議を出した。

「異議を却下します。反対尋問では誘導尋問は禁止されていません。証人は答えてください」

裁判長が正した。

（やっぱ、落ちこぼれ）

温子は目を覆いたくなった。

「頭を打ったかどうかは、分かりませんが、大きなうめき声にまぎれて『助けて』と聞こえた気がします」

「『助けて』と聞こえた。なるほど。裁判長、検察は先ほどの証人和田淳哉の証言を援用します。同証言によれば動脈が損傷しても即死するわけではないということです。即死を前提とする弁護人の立論はナンセンスです。むしろ、弁護側証人のただいまの証言からすれば、被告人の逃走時に本村が既に深刻なダメージを受けており、それによりうめき声や助けを求めた後に、失血により死に至ったと考えるほうが自然ではないでしょうか」

高村の論旨は明快だ。

（前の検察側証人の証言を援用して、後の弁護人側証人の証言を有罪立証に利用するとかありえない。高村検察官は、後の弁護人側証人が何を証言するかまで分かって、前の検察側証人を尋問している。特殊な能力でもあるのか？）

温子は背筋が寒くなった。

その夜の接見で土田は佐織に迫った。

「あなたの首の扼痕は、本当に被害者からつけられたものなのですか？　本当に性的暴行を受けたのですか？　真実を言ってください。そうでなければ、これ以上、弁護は続けられません」

佐織は目に涙をためて真相を打ち明けた。

「土田先生、すいません。この首の扼痕は別の人がつけたものです」

「そんな馬鹿な。命をかけてまで、そんなことをする理由とか。やはりお姉さんですか？」

「すいません。私は性犯罪者が許せません。だからといって偽装を企《たくら》んだわけではありません。私は、その時、本当に殺して欲しかった。勘弁してください」

佐織は目を泣き腫らしながらアクリル板に何度も何度も頭を打ちつけて謝罪をした。

「あの夜、一体何が起こったのですか？　あなたは本村を本当に突き落として殺したのですか？」

「そこは誓って違います。私はあくまで傷害しただけです。あの屋敷で、これまで幾人かの女性が、あいつによって性犯罪被害に遭いました。公園で休んでいて強引に連れ込まれた女性もいます。私は性犯罪被害者の会に入り、これまで多くの被害者の精神的ケアのカウンセリングに関わって来ました。裁判で性犯罪事件を傍聴マニアに晒《さら》されながら戦うにはそれ相応の覚悟が必要です。そして、仮に裁判で被告人に有罪判決が出ても、被害者にはその後も偏見がつきまとう。

なぜ抵抗しなかったのか？　和姦じゃないのか？　でも、自分より体格が大きく、力で強制する者に対しては抵抗しないのが動物学的な対処法です。昆虫の擬死と同じです。中には、犯行中に解離したり、麻痺する被害者もいますが、それも一種の防衛本能です。ただ世の中には理解されない。性犯罪被害者の七割はどこにも相談できずに泣き寝入りです。警察に届けるのは十人に一人と言われています。やつらはそれに乗じて犯行を重ねる。一方で、被害者は、妊娠や感染症などの肉体的問題を抱えるほか、睡眠障害や男性一般に対する恐怖心など精神的苦痛に生涯苦しめられる。その体験は最も大切な人でさえ穢《けが》らわしい存在に変えてしまう。私は、性的暴行は殺人に等しい行為だと考えています。悔い改める罰を与えるべきです。ただ何度も言いますが、誓って本村を殺していません。先生、信じてください」

佐織は懇願の表情で訴えた。

蛍光灯の明かりが乱反射するアクリル板の向こうの薄暗がりに佐織の顔がホログラムのように浮かんで、なにやら冗長な話をしている。土田は怒気と失望が混じりあった表情で、それを聞いていた。佐織の謝罪や弁解は土田には届かなかった。

「検察の冒頭陳述どおりじゃないですか。なんでそんなことになるんですか。あなたが殺してないって言ったところで、私が信じても、裁判官や裁判員は信じてくれませんよ。あなたはもう殺人犯です」

土田は声を荒げ、パイプ椅子を蹴って接見室を出て行った。

検察庁の建物が、日比谷公園越しに高村の視線の先にある。その遙か向こうには新宿の高層ビル群の夜景が見える。南側には東京タワーがまばゆく点灯している。高村は帝都ホテルの展望ラウンジのカウンターにいた。その隣には元木が座っている。

高村はお気に入りのマンハッタンというウイスキーベースのカクテルを飲んでいる。元木はペリエを注文した。午後八時を過ぎているが、戻って仕事をするようだ。

「夜景は職場から見るのと大差がないですが、このゴージャスな雰囲気はさすが帝都ホテルですね」

元木があたりをぐるりと見渡して言った。

「そうだろ。今度、彼女とどうだ。おっと、今は、こういった発言までパワハラになるのかな?」

高村はカクテルピックに刺さったチェリーを口に運んだ。

「このラウンジに来るまでにリストランテがあっただろう。人気店で予約が一年待ちらしい。サービス業が客を待たせて、おまけにそのことを勲章にするのは、いかがなものかと思うけどな……」

早速、高村の物言いが片鱗を見せた。

高村が部下を誘うのは異例だ。元木の荒削りだが素朴な正義感を一面では買っていた。

「次席、例の女の裁判ですが、私も立ち会いさせて頂きたかったです」

「明日は被告人質問だ。弁護人は一人で、しかも素人同然。俺一人で十分だろ」

高村はバーテンダーを呼んで二杯目を注文した。

「元木、おまえは大学の後輩らしいが予備試験組のようだな。どうして検事を目指したんだ」

「中学生の頃、『悪い奴を眠らせない』って、検事総長の就任挨拶を聞いて感動したんです」

「なるほど、それがおまえの正義の原点というわけだな。悪くない。まあ実際は悪い奴ほどよく寝てるけどな」

バーテンダーは、ミキシンググラスにベルモットを入れると、マドラーでやさしくステアして、高村の手許《てもと》に真っ赤なカクテルをすべらせた。

高村は二杯目に口をつけて、続けた。

「俺は、正義はどうでもいい。というか、法曹の人間が正義を口にする時に、法律で正義が実現できるって考えている前提が気に入らない。おまえは法学部だから、〈トロッコのジレンマ〉は知っているよな?」

「もちろん知っています。線路上を走るトロッコが制御不能になり、そのまま進むと五人の保線作業員が確実に死ぬ。ただ、五人を救うために分岐ポイントを切り替えると、その先で作業している一人の作業員が確実に死ぬ。という状況下で、分岐ポイントにいる作業員はいかなる行動を取るべきか、或いは、取らないべきか？　ってジレンマですよね」

「そうだ。仮に、ポイントにいる作業員が五人を助けるためにポイントを切り替えて一人の作業員を殺したら、元木の正義はこの作業員をどう裁くんだ。或いは、裁かないのか？」

「トロッコのレールを切り替えた行為は、殺人罪の構成要件に該当します。ただし、その殺人には、刑法第三十七条の緊急避難が成立し違法性が阻却されて、結局無罪というのが模範解答のようです」

「ふーん、なら臓器クジの場合はどうだ」

「臓器クジ？」

元木は聞いたことのない単語に戸惑った。

「こっちは医学部の学生の間で話題になる。公正厳格なクジで健康体の人間をランダムに一人選んで殺す。その人間の臓器を全て取り出し、死期が迫って臓器移植が必要な重篤《じゅうとく》な疾患を持つ患者に移植する。臓器クジに当たった一人は死ぬが、その代わりに臓器移植を心待ちにしていた複数の患者は確実に助かって、その後も健康に暮らす。仮に、このような移植を行った者が見つかったら、おまえはどうする？　なお、移植する人間は医者とは限らないが、医師法は度外視する」

「それは殺人で違法性も阻却されない？」

元木は高村の反応を探るように答えた。

「トロッコは無罪で、臓器クジは殺人罪か。どこが違うんだ。大勢のために一人の人間に死んでもらう。同じだろ」

「……」

元木は黙り込んだ。

高村の顔は、かなり赤みを帯びてきたが、ピッチよく三杯目を注文した。

「これは法律では解決できない。臓器クジはなんとなく許せないって感覚が先行している。違法性阻却は理屈好きの法律家が後づけで頭の中で考えたご都合主義のカラ箱だ。俺から見たらどっちも殺人犯だ。臓器はもちろんだがトロッコも殺人だ。トロッコの分岐ポイントの作業員は何もせず、自然の摂理に任すのが俺の考える正義だ」

高村の口調に熱が籠《こ》もり、その後しばらく元木は高村の持論に耳を傾けていた。

「ところで、次席はどうして医者から身を転じたのですが？」

元木は少し話題を変えた。

「医師法十九条は知ってるよな」

「医師の応招《おうしょう》義務の規定ですね」

「そうだ。例えば、おまえが高熱を出して、近所に耳鼻科の開業医しかいなかったらどうする」

「私は花粉症なので酷い時はクスリをもらうために耳鼻科に行きます。単なる熱だと普段は内科以外には行かないと思いますが、そこしかなければやむを得ないかな……」

「おそらく耳鼻科の医者も診療を断るだろう。ただ、それはアウトだ。耳鼻科だろうが整形外科だろうが、専門医制度は応招義務の言いわけにはならない。熱の処方ならなおさらだ」

「本当ですか?」

元木は目を見開いて驚いた。

「医療の進歩と言うが、医療機器や医薬品が進歩しただけで、医者が進歩したわけじゃない。むしろ一部の医療法人や開業医は健康皆保険制度の上にあぐらを掻いて、その厚顔ぶりは検察よりも酷い。仮に健康保険制度がなくなって、米国並みの自由診療で民間保険になったら、単なるクスリの処方で患者を平気で何時間も待たす、あんな殿様商売はやってられないはずだけどな」

「確かに、私も耳鼻科に行くときは半日休暇を取ります」

「経済エコノミストは、病院や医院の患者の待ち時間によって労働力が失われて、経済全体が被っている損失を算出すべきじゃないのか。でも、こっちの仕事に変わってストレスが増えて、医者のままでいればよかったと思う時もあるよ」

高村の顔色は、すでにカクテルの色と区別がつかない。顔に出やすい体質だ。

元木は話題を変えたことを少し後悔したが、酔っ払って熱くなる高村を見て少し安心した。

「次席は視野が広いですね。患者の待ち時間による経済損失の計算ですか。法曹はほとんどが文系で数式は苦手です」

「おべんちゃらか。ただ、結局のところ俺が医者や裁判官を辞めた理由は人間関係ってところかな。数年前、妻が子供を連れて家を出て行く間際にこんなことを言った。『人間は支え合って生きている。その中で、人間は、人に何かをしてあげた記憶はどんなに些細なことでもなかなか忘れない。逆に、人から何かをしてもらった記憶は時と共に薄れて行く。そして、そのギャップがあるレベルを超えると人間関係は壊れる。それが貴方』だとさ。今になってみれば分からなくもない」

元木は興味深げに黙って聞いていた。

「何かこっちが酒を飲んで、そっちはシラフっていうのは、俺ばっかりが饒舌になって、あんまりフェアじゃないな。次は休日前にして今日は帰ろう」

「お疲れさまです。私は仕事に戻ります」

二人は展望ラウンジを後にした。高村は少しふらついてホテルの前でタクシーを拾った。

土田は晩飯を食べて、少し頭を冷やして佐織との接見に戻ってきた。もともと解剖医を証言台に立たせたのは自分の落ち度だ。

「明日は被告人質問です。あなたが証言台に立ちます。あなたの首の扼痕の写真の証拠請求は認められていません。しかし、さっき解剖医が証言した、あなたの指の防御創が写っていません。なので、あなたの証言を合わせる必要があります。分かりますね」

土田と佐織の接見は深夜に及んだ。マイライトの充電が切れかかっている。

翌日の午前から佐織に対する被告人質問が始まった。

「弁護人、質問をお願いします」

裁判長が促した。

土田は佐織の前に立って、目をあわせてゆっくり質問を始めた。

「ではお聞きします。あなたは被害者から性的暴行を受けたうえに、首を絞められて殺されると思った。そうですね」

「はい、そうです」

「少し法律的な質問になりますが、あなたは正当防衛を主張されていますね」

「はい」

「日本の法律では正当防衛が成立するためには、〈急迫不正の侵害〉が必要だとされています。

あなたが本村を傷害した理由、つまり〈急迫不正の侵害〉は性的暴行を受けたことですか？　それとも、首を絞められて殺されそうなったことですか？」

「首を絞められて殺されそうなったことです」

「あなたの首に、今、うっすら残っている痕が、首を絞められた痕ですか？」

「そうです」

「絞められた当時はもっとはっきりしていましたか？」

「はい」

（よし、ここまでは順調だ）

土田は心の中で呟いて、裁判長に向き直った。

「裁判長、当時の扼痕の状態を立証するため、弁第十一号証を提出します」

裁判官や裁判員の前に並べられたディスプレイには土田が撮影した首の扼痕の写真が表示された。その画像には生々しい半月型の扼痕が写っていた。

「これはあなたの首の写真ですか？」

「はい、そうです」

「いつ頃、誰が撮影したものですか？」

「八月三日に、弁護人により撮影されたものです」

「弁護人はつまり私ですね。八月三日は事件から一週間後ですね」

「そうです」

「首を絞められた当時の状況を教えてください」

「私が気絶から覚醒した時、本村は私に覆い被さっていました。私は手足をバタバタさせて必死で抵抗しました。間もなく、私は本村の太い手が私の首に巻きつき体重が掛かるのを感じました。（殺される）と思った私は、本村の顔面らしき方向めがけて何度も拳を繰り出しました。すると間もなく、『ぎゃー』という声が聞こえました。そして本村の顔面から血が垂れて、私の顔に掛かりました」

「それが全てですか？」

「そうです」

「裁判長、弁護人の質問を終わります」

傍聴席の温子が安堵の表情を浮かべた。

「では検察官、反対質問をお願いします」

高村は検察官席から立ち上がって証言台に近づいた。佐織の前まで来ると、少し前屈みになって質問した。

「被告人は被害者から性的暴行を受けた。そうですね」

「はい」

「ただ、本村の陰茎から女性の体液は検出されず、また鑑識の調書によれば、現場から性的暴行事件につきものの、被害者及びあなたの体毛は見つかっていない。どう思われますか？」

「分かりません」

「性的暴行を受けた時の状況を聞かせてもらえないですか？」

「お話ししたくありません」

「性的暴行が偽装なので、喋れないのではないですか？」

高村の声が大きくなり、静かな法廷に響いた。

「異議あり！　被告人には黙秘権があります。また性的暴行が偽装されたとの明確な根拠はなく、検察官の憶測に基づくものであり、いたずらに被告人に当時の恐怖体験の自白を迫るものです。加えて、被告人の正当防衛の主張の根拠は性的暴行ではなく首を絞められたことだと只今の弁護人の質問で明確にしました」

「異議を認めます。検察官は質問を変えてください」

「分かりました。あなたの正当防衛の主な理由は、私の記憶だと性的暴行だったような気がしますが、まあいいでしょう」

高村は少し間を取った。

「被告人、今、弁護人から示された写真には、指による不整形の表皮の離脱、いわゆる防御創がありません。本村から首を絞められた時に、その手を振りほどこうとはしなかったのですか？」

「していません」

「もう一度よく思い出してください。手を振りほどこうとはしなかったのですか？」

「していません」

佐織は声のトーンを上げた。

「裁判長、手を振りほどこうとしていないとの被告人の今の供述は、既に証拠採用されている乙第二号証中の被告人の供述と明らかに矛盾します」

裁判官の前に座した書記官はパソコンを操作して乙第二号証を探し出しディスプレイに投影した。

「検察官は裁判員にも分かるように、その録取部分を朗読してください」

裁判長が高村に指示をした。

「はい、録取によれば被告人の供述は次のようなものです」

〈必死だったあなたは顔や体を叩く前に、何か抵抗をしましたか？〉

〈首を絞める手をほどこうとしました。でも、もの凄い力でほどけませんでした〉

〈何秒くらいほどこうとしたのですか？〉

〈だから、必死だったので覚えていません〉

〈絞める手をほどこうとしたのにほどけなかったので、今度は顔や体を叩いた。そういうことですか？〉

〈そうです〉

高村は朗読を終えて佐織に向き直った。

「被告人、あなたの供述です。この供述は事件後二週間以内のものです。記憶も今よりははるかに鮮明でしょう。これでもふりほどいていないのですか？」

「……」

「この写真。あなたの首を絞めたのは誰ですか？」

高村は小声で佐織に訊いた。

「……」

「黙秘は権利でしたね」

高村は立ったまま、土田に視線を送って、小さく手を広げた。

（弁護人の主張は全部読まれている。ずっと前から先手を打たれている）

傍聴席の温子から安堵の表情は消えていた。

そして温子は実感した。

やはり〝最強〟。

高村の被告人質問は続いた。

高村は裁判官と裁判員に向き直ってスーツの胸ポケットからノック式のボールペンを取り出した。

「このボールペンを被害者としましょう。私の胸の高さから、このペンを真下に落とします」

高村は左手を丸い筒状にして、胸の高さに合わせて、右手で、筒状にした左手にボールペンをノックの部分を下にして差し込み、ボールペンを離した。ボールペンは高村の足下にコトッという音を立てて落ちた。

高村は足下のボールペンを拾って、

「今度は私の胸の高さから水平に落としてみます」

そう言うと、筒状にした左手を今度は水平にして、胸の高さに合わせて、右手でボールペンを筒状にした左手に差し込んだ。そして、ボールペンのお尻のあたりをちょんと突いた。ボールペンは筒状の左手から水平に飛び出して、放物線を描いて法廷のフロアに転がった。

「異議あり！　検察官はいたずらに公判の時間を費消《ひしょう》しています」

土田が異議を出した。

「数式が苦手な方には、少し分かりにくいかも知れませんが、これから、被告人が殺人に関わった立証を行います」

高村は声のトーンを上げて裁判長に理解を求めた。

「弁護人の異議を却下します。検察官は続けてください」

「ありがとうございます。物理の初歩ですが、物体は真下に落ちようが、横に飛び出そうが、どちらの落下でも着地までに掛かる時間は同じです。落下物の重さにも関係がありません。物体の落下に掛かる時間は、高々度で空気抵抗を考慮しなければならない場合を除き、高さのみが変数になって決まります。このボールペンも同じ高さから落としたので、真上から落ちようが、水平に放物線を描いて落ちようが法廷のフロアに着地するまでの秒数は同じです。それを踏まえてこちらをご覧ください」

高村はすでに証拠採用された現場の階段の写真を裁判官や裁判員に右手で展示した後、プロジェクターに置いて投影した。

写真には被害者の頭部が衝突したと思われる階段の位置に×印がマークされ、被害者と覚しき人物の影が階段上の二階フロアに描かれ、頭の位置から×印までの水平距離と垂直の高さがそれぞれ記入されていた。そして写真の下には数式が書き連ねてある。

「被害者の頭部が落下した高さは、身長も含めて三メートル四十五センチ。今回の落下で水平に移動した距離は三メートル十五センチ。落下に掛かった時間は、高さのみで決まるので、下式のとおり、三メートル四十五センチなら〇・八四秒ということになります」

高村は数式を唱えながら、被告人席を中心にして回り始めた。

「そして〇・八四秒の落下の間に、水平に三メートル十五センチ移動するためには、次式から物体の水平移動の初速が秒速三・八メートル必要です。プロボクサーのパンチがおよそ時速四〇キロメートル、秒速一一メートルなので、その三分の一くらいのスピードで、ボールペンのお尻を突くように、水平の力を加える必要があります。被害者が視界を失って、考えにくいですが、仮に、誤って後ろ向きに転落したとしても三メートル十五センチには到達しえない」

高村は回るのを止めて佐織に向き直った。

「誰かによって力を加えられたことになります。そこで、現場にいたのは被害者と被告人のみだと思いますが、力を加えたのはあなた以外に考えられないのではないですか?」

高村は再び姿勢を屈めて佐織と目を合わせた。

「もっとも、首の扼痕を偽装した人間が別にいるなら話は違いますが……」

高村は佐織の耳元で声を潜めた。

佐織は黙っていた。

「また黙秘ですか。いいでしょう。立証は尽きています。裁判長、被告人質問を終わります」

高村は言い放ち検察官席へ戻った。

傍聴席から一人の男がスッと立ち上がり、高村に拍手を送った。被害者の関係者と思われたその男は、裁判長の指示により、すぐさま廷吏によって法廷外へ連れ出された。


「どう思う」

土田はいつものホテルの喫茶室で温子に意見を求めた。温子はすでに全ての修習を終え、来週から始まる二回試験に備えていた。

「闇を抱えた女の弁護人になっちゃったね。でも斡旋所の話だと、あなたを名指しして来たのよね。どうしてなんだろ?」

温子はコーヒーカップに口を近づけて上目遣いで訊いた。

「知らないよ。あんな数式の立証があるのか！　あの検事は化け物だな。久しぶりの刑事弁護が負け筋の殺人の否認事件。しかも正当防衛がねつ造とかお笑いぐさだよ。仕事を授ける女神だなんて思った俺は大馬鹿者だ」

「裁判員は頷《うなず》いて聞いていた。理科系かな。閉廷間際の傍聴席の男はともかく、よくない雰囲気だわ。しかも、高村検事は扼痕をつけた男の存在に感づいているみたい。ただ、こちらは正当防衛をそのまま主張するしかないんじゃない。男の存在を明らかにして、今さら正当防衛を引っ込めたら裁判官と裁判員の心証は最悪だわ。『その男が突き落としました』って、苦し紛れに言ったところで共犯にされるだけ。どちらにしても殺人罪は免れない」

「俺もそう思うわ。今日はコーヒーよりアルコールがいいな」

土田はテーブルに突っ伏して、意気消沈した。

「でも、ちょっと待って。私の後に検察修習に入った同期から聞いたのだけど、その被告人に扼痕をつけたと思われる男が自宅で首を吊って死んだらしい。現場に残っていた携帯電話の画像から男の自宅が割れた。遺書も見つかったって話。色々書いてあるだろうけど、検察は遺書どころか、その男の事件の関わりすら公表していないの」

「検察に都合の悪いことが書いてあった」

「そこは分からない。被告人にその男との関係。どうして男は扼痕のねつ造に加担したのか聞いたの？」

「そこは、被告人質問の夜の接見で聞いたよ。男の名前は池谷忠司《いけがやただし》。独身で無職。池谷は女児を略取《りゃくしゅ》して、自宅に監禁した過去がある。女児はＧＰＳ端末を携帯していたのですぐに見つかった。女児の親は子供の将来のことを思って警察には知らせなかった。ＮＰＯ法人の心理カウンセリングでそのことを知った佐織は性犯罪者に罰を与えるのに池谷を利用できると考えたらしい。あと、池谷には少し知的障害があったようだが、女児の略取監禁行為が悪いことだと十分に理解していたはずだと」

「そうなの。それなら筋が通る。携帯電話に残っていた画像は、女の子の待ち受けと一軒家の画像。おそらく、監禁した女児と監禁した自宅でしょう。池谷を利用するその日が来るまで、常に自責の念に駆られてマインドコントロールできるように、被告人が池谷に持たせたんじゃない。そして、小児性愛者の池谷自身も罰の対象だった。あの被告人の闇は深いわ」

「『刑事法廷は、ドラマのような謎解きの場じゃない。その勝敗は証拠の採否で決まる』って言っていたのはおまえだよな。検察が押収した池谷の遺書を裁判所に提出させる方法はないのかよ?」

土田は温子にすがるような顔を見せた。

中年男の懇願の表情に枯れ専女子は弱い。

「それはその通り。刑事裁判は不利な証拠は裁判官の目から遠ざけ、有利な証拠は面前に晒す。そこが勝負。方法がないこともないけど私もギリギリ」

「裁判員裁判は集中審理の短期決戦だ。あんまり時間がないよ。真実発見が検察の使命だろ」

「真実発見は建前よ。検察は無罪につながるような不利な証拠は絶対に出さない。そこは正さないといけないけれど、私はまだ検察官じゃないわ。でも化け物には弱点、最強検事にも穴はあるはず」

温子が即決裁判手続を土田に教えたのは、執行猶予の取り引き以外に、穴につながるもうひとつの理由があった。

マンションの玄関扉の開閉音がした。時計はもうすぐ十一時を指そうとしている。

「お姉ちゃん、最近、帰って来るの遅いねー。仕事が忙しいの？　もしかして彼氏でもできたんかな？　『素子、俺離れたくない』とか」

佐織はソファに寝そべり、素子が愛用するクッションに抱擁する真似をしてケラケラ笑った。

「なんでえよ。このところ病院の帰りにジムに通ってるん。映画で女優が立ち回っていた格闘術。すごく格好よかったわ。ほれ見て、この力こぶ」

素子は袖をめくり上げて上機嫌だ。

「えっ、格闘女医って新ジャンル作るん？」

佐織はクッションを素子にほうり投げて、素子はそれを受け止めた。

「あんた、うまいこと言うやん」

素子はますます機嫌がよい。

「それと物騒な世の中やし、結構役に立つかも」

素子は軽く上段蹴りのポーズを決めた。

「役に立たんほうがええよ」

佐織は顔をしかめた。

「そうやね。それは佐織の言うとおり。でもね、ジムのトレーナーの台詞。これだけは佐織も覚えておいてね。『タマは鍛えられない』って」

「なに、それ下品」

佐織はいつもの引き笑いになった。

人見知りで皮肉屋だが、笑顔の絶えない年の離れた妹は仕事やジムで疲れた素子にとって最高の癒やしだ。

「まあ、ちょっと教えてあげるから。そこにお座り」

素子はこれまで習った技を佐織に教えた。

「これが金的攻撃で、それからこれが目潰し。あれっ、佐織、胸大きくなったね」

「胸のサイズはお姉ちゃんに一本勝ち」

二人はリビングをゴロゴロしながらしばしじゃれ合った。

公判も四日目に入り、公判前整理手続で定めた審理予定では証拠調べは、あと二日を残すのみとなった。

「裁判長。弁護人は検察官に対して刑事訴訟法第三百十六条の十五に基づき類型証拠開示請求を行います。開示されない場合は、同三百十六条の二十六により裁判所に対して開示の裁定を求めます」

土田が最後の攻防の口火を切った。ここで挫《くじ》ければ佐織の殺人罪は確定だ。

「検察官、ご意見は？」

裁判長は高村に意見を求めた。

「異議があります。類型証拠の開示請求は、公判前整理手続内においてのみ認められています。検察は公判において類型証拠開示請求に応ずる義務はありません」

高村は冷ややかに述べた。

「裁判長、同条の三十二は、〈やむを得ない事由〉があれば、公判前整理手続後の証拠請求を認めています。証拠請求が可能であれば、開示請求も可能と考えます」

土田が訴えた。

「証拠制限が一定解除される場合があることは裁判所も承知しています。ただ、同条の類型証拠開示請求については検察官の言うとおり公判前整理手続以外では認められません」

裁判長は土田に何かを暗示するかのような口ぶりだ。

温子が傍聴席から土田に目配せをした。

「裁判長、では同条の趣旨を類推して、職権による証拠の開示請求を求めます」

土田は応じた。

「弁護人、具体的にはどのような証拠ですか？」

「同条一項一号の〈証拠物〉です。具体的には検察が押収した池谷忠司の遺書です」

土田の言葉を聞いた高村は鬼の形相で傍聴席の温子を睨んだ。

「弁護人、その遺書と本件との関連性はどうですか？」

「現場から発見された携帯電話に、その遺書を書いた池谷という男から被告人に対する発信記録がありました。ただ池谷は自宅で首を吊って自殺しました。その遺書にはこの事件の真相が語られている可能性があります。しかし検察は証拠請求どころか、遺書の存在も公表していません」

「検察官、そのような遺書は存在しますか？」

「あります」

「当該遺書を押収したのは公判前整理手続の後ですか？」

「そうです」

高村は淡々と応えた。

「公判前整理手続後の押収であれば、整理手続に証拠提出することは当然できませんね。裁判所は証拠制限を解除して、当法廷における証拠請求を認めますが検察官はどうされますか？」

「検察は証拠請求いたしません」

高村は少し慌てた。

「では、任意にその遺書を弁護人に開示されるおつもりはありませんか？」

裁判長は畳みかけた。

高村は裁判長の意向を感取し言葉に詰まったが、少し考えて切り返した。

「検察は、任意でも遺書を弁護人に開示するつもりはありません。それから、仮に、同条の証拠制限に掛からないとしても、遺書は池谷が書面にしたもので《伝聞証拠》であって、刑事訴訟法第三百二十条一項により、そもそも証拠能力がありません」

高村は何としてでも遺書の提出を阻むつもりだ。

（ここが正念場！）

温子は、両掌をあわせると、いつしか目をつぶり祈りを捧げるポーズになっていた。

「今の検察官の見解に対して弁護人ご意見は？」

裁判長が土田に意見を求めた。

「遺書は、故人が生前最後の供述を自ら残した書面であり、同三百二十一条一項三号前段の〈供述者の死亡〉が認められます。更に、この遺書が〈犯罪事実の存否の証明に欠くことが出来ない〉理由は先ほど述べました。加えて、類型的に故人が遺書の中で虚偽を述べる必要性は乏しく、その供述は〈特に信用すべき情況下〉でなされたものと思料します。以上から、遺書は《伝聞証拠》の例外にあたり証拠能力は認められます」

土田は淀みなく意見を述べた。

ここ数日で温子と練ったストーリーはほぼ完璧だった。類型証拠開示請求は、三百十六条「の」枝番という条文の体裁からして、比較的新しい制度だ。

検察と弁護人では、証拠収集能力に歴然とした違いがある。それを是正するため、法改正により、検察が収集した証拠のうち一定のものを、弁護人が開示請求できるようになった。

（現場を離れた管理職は、法改正に疎《うと》い場合がある。該博な管理職ほど、その傾向が強い）と考えた温子は、まずは、乗ってこないことを承知の上で即決裁判手続を高村にぶつけた。土田から聞いた高村の反応からすれば、案の定、高村はこの手続に少し疎かった。ならば、同じ程度に新しい制度である類型証拠開示請求は高村の穴になるかも？　温子はそう考えたのだ。

土田の意見を聞いた後、裁判長は左右の陪席裁判官にそれぞれ意見を求めた。そして、

「裁判所は弁護人の証拠の開示請求を認め、検察官に対して、職権で遺書の開示を命じます。検察は池谷の遺書を次回の公判までに弁護人へ開示してください」

それを聞いた高村は狼狽した。

「裁判員の皆さん、池谷は知的障害があり、遺書はきわめて稚拙な文章ですので……」

高村の声は上ずっていた。沈着冷静ないつもの高村の姿はそこにはなかった。

「検察官は不規則な発言を慎みなさい。そして、池谷の遺書を開示しなさい。従わない場合は、刑事訴訟法第九十九条で裁判所が押収します」

東尾裁判長は毅然と言い放ち閉廷した。

公判五日目。証拠調べは最終日を迎えた。

「期日間で検察から開示され、弁護人が証拠請求した池谷の遺書を、弁護人は裁判員に聞こえるよう朗読をお願いします」

裁判長が土田に促した。

高村は検察官席で苦渋の表情だ。

各裁判員の前に設けられたモニターに遺書の全文が映し出された。

土田は弁護人席で起立しながら遺書を読み上げた。

《私は手づかさおりさんという女性を殺しました。本当にごめんなさい。ただ首をしめて私を殺してほしいと言われたので、そのとおりにしただけです。それは本当にわかってください。さおりさんを殺して、急いで屋しきから出て、言われた時間にけいさつにれんらくしようにしたら自分のケイタイがないことに気づきました。こわかったけど屋しきにもどりました。そこにはさおりさんのすがたはなく、代わりに顔が血まみれの本村さんがうめいていました。そして私に飛びかかって来ました。私はこわくてこわくてかいだんの上で本村さんともみ合いになりました。本村さんは急にむねを押さえて動きが止まったので、私は、本村さんをかいだんの上で押しました。本村さんは、そのまま私にすがるような顔をして下へ落ちていきました。こわかった。私のせいです。本当にごめんなさい。それから、リサちゃんごめんなさい。本当にかわいかったので家に連れて来てしまいました。悪いおじさんです。あやまります。ゆるしてください。こわいこわい思いをさせて本当にごめんね。最後に、いつものところには知らない人だけど、悪いのはたぶん私のせいかな？　そうだったら本当にごめんなさい。みんな私が悪い。いまからつぐないます》

読み上げを終えた土田は達成感に浸った。

傍聴席の温子に安堵の表情が戻った。

「これで全ての証拠調べが終わりました。結審します。被告人は前へ」

裁判長は証言台に立つよう被告人に命じた。

「最後に言って置きたいことがあればどうぞ」

裁判長は最後の意見陳述の機会を佐織に与えた。

佐織は証言台に立ち口を開いた。

「私は池谷さんに本当に殺してもらえばよかったと思っています。私の家族は、みんないなくなって、私は独りぼっちで、ただ淋しい。誰も恨んでなんかいません。最後に申しあげることがあるとすればこれくらい」

佐織は頭を下げて被告人席に戻った。

「では、これを以て閉廷します。判決は来週火曜日午後一時半に言い渡します」

裁判長が言明し、両陪席裁判官と六名の裁判員が頷いた。


短期決戦の判決期日がやって来た。

裁判所の前には、朝から傍聴券を求める列ができていた。裁判所の職員数人が出て整理に当たった。マスコミ数社もテレビカメラを持ち込むなどしていた。

もともと性犯罪がらみの事件は傍聴が多いが、この事件は、〈性犯罪被害者の正当防衛による傷害及び殺人事件〉とのタイトルをつけてマスコミに取りあげられており、判決期日が近づくにつれて世間の関心も高まった。テレビの街頭インタビューでは、「仮に殺人罪でも咄嗟《とっさ》なら殺したくなる気持ちも分からなくもないわ」など顔にボカシが入った若者の肯定的な意見が紹介され、街の声もヒートアップしていた。

なお、判決期日に先立ち、検察は手塚佐織に対して、住居侵入罪、傷害罪及び殺人罪で懲役十七年の求刑を行った。

「それでは開廷します。被告人に対して、住居侵入、傷害、殺人事件について判決を言い渡します。被告人は証言台の前に立ってください」

東尾裁判長が佐織に促した。

「主文。被告人を住居侵入及び傷害の罪により懲役三年に処す。なお、刑の執行を五年間猶予する。殺人罪については無罪とする」

高村の顔が大きく歪んだ。

土田は片手で口を塞いで歓喜を押し殺した。

温子は喜びとも悲しみともつかない複雑な表情を浮かべた。

佐織は瞑目して微動だにしなかった。

傍聴席前列のロープで仕切られた記者席から何人かは法廷外へ飛び出した。

「次に理由を述べます。被告人は着席してください」

佐織は腰を降ろした。法廷は静寂を取り戻した。

「本件公訴事実は、〈被告人は本年七月二十七日午後十一時四十分頃、東京都新宿区大久保町所在の木造二階建て家屋に正当な理由なく侵入し、そこで寝泊まりしていた本村庄一郎、当時五十八歳の顔面に向けて、クラヴマガという武術の目潰し技を用いて、両眼球破裂の傷害を負わせたうえ、視力が著しく減退し、抵抗力を失った同人を同家屋の二階から一階へ通ずる階段上から突き落として、頭部陥没骨折による失血により殺害したもの〉である。

まず、弁護人は被害者本村が被告人に対して首を絞めるという急迫不正の侵害を行っており、被告人の一連の暴行及び傷害はこれに対する正当防衛に当たる旨主張する。これに対し検察官は、首を絞められたというのは、関係証拠から偽装されたものであることは明らかであり、被告人は本村に自招した上で、本件傷害を行っており、正当防衛は成立せず、傷害罪が成立するというものである。

関係証拠として、弁護人は、被告人が被害者から首を絞められたとする写真を証拠請求した。確かに、本件写真には、被告人の首に絞められた扼痕が克明に見られる。一方で、証人和田淳哉によれば、首を絞めた手を振りほどこうとすれば、いわゆる防御創が残る旨の証言があり、同人が法医学者であることに鑑みれば、掛かる証言の信用性は高い。そして本件写真には防御創は見られず、加えて、被告人の取り調べ時の、「手を振りほどこうとした」との供述は任意になされたものであり信用性がある。さすれば、写真と被告人の証言に食い違いが生ずるのであり、この傷が偽装されたものか否かの判断をするまでもなく、およそ本村から急迫不正の侵害があったとする被告人の主張には信憑性がなく正当防衛は成立しない。そして、本村に対して自招した上で傷害したか否かについても定かではないが、傷害の事実は被告人も認めている。したがって、被告人には住居侵入及び傷害罪が成立する。

次に、本村の死亡についてであるが、弁護人は傷害の事実は認めるものの死亡には一切関与していない旨主張する。これに対して検察官は被告人は実姉の事件を契機として、性犯罪者一般に対する偏執的憎悪を抱くに至っており、性犯罪者一般に対する復讐の機会を狙っていたものであって殺人の動機は満たされる旨主張する。加えて、同人が階段から突き落とした後に、何らの救護措置を取ることなく、その場を立ち去っており、本件犯行に強固な殺意が見られることが明らかである旨主張する。

証人和田淳哉の証言によれば、後頭蓋の骨折は希であり、これは本村が仰向けで二階から落下したものと推測されるところ、当時の状況において二階にいたのは被告人と被害者のみであり、被告人にしか係る犯行、すなわち突き落とす行為は遂行できない旨主張し、殺人罪の適用を求めるものである。

ところで、証拠採用された遺書であるが、本件遺書は池谷忠司により書かれたものであり、同人には知的障害があり、係る遺書は平易な文字により書かれているが、その文脈に拙劣なところはなく、遺書が故人の最後の意思表示であることに鑑みれば、虚偽を記載する可能性は類型的に少なく、信用性は高いものと判断される。そして係る遺書の内容からすれば、本村と池谷は同家屋の二階上で揉み合いとなっており、本村がすがるような形で落下したとの記載からは、被害者が仰向けの状態で落下した事実が推測され、これは証人和田淳哉の証言する本村の遺体の状況と概ね一致するものであり、少なくとも被告人手塚沙織が本村の階上からの落下に関わった事実は認められない。以上から、被告人が傷害以後の、本村の死亡に関与していないことは、証拠採用された遺書の内容からすれば明らかであり、検察が適用を求める殺人罪については無罪と判断するものである。

　最後に、情状についてであるが、被害者は両眼球破裂という重度の傷を負っており、被告人の傷害の罪責は重く、加えて、被害者遺族の被告人への厳罰を求める感情も峻烈であり実刑を以て望むべきものとも思料される。一方で、被告人が実姉の事件を契機としてその真犯人に対して憎悪の感情を持っていることは推察されるが、性犯罪者一般に対する復讐の機会をうかがっていたとする検察官の主張には、実姉の事件より三年が経過していることに鑑みればやや飛躍があり、再犯の恐れについては疑念が残る。

　また、被告人は初犯である上、むしろ、これまで看護師として多くの人命の救護に貢献しており、加えて退職後もＮＰＯ法人の活動を通じて性犯罪被害者の心の拠り所となっており、これらの関係者から多くの嘆願書で出ているうえ、今後についても関係者から責任を持って更生させるとの申し出がある。以上を踏まえ、刑の執行を猶予した上で、社会の中で更生の機会を与えることが相当と判断する次第である」

東尾裁判長は判決文の朗読を終えた。

「最後に、被告人は何か言いたいことがありますか？」

裁判長が佐織に訊いた。

「特にありません。申しわけございませんでした」

佐織は裁判官と裁判員、そして傍聴席に振り返ってそれぞれ深々と頭を下げた。

お辞儀をしたまま正面に向き直る時、佐織の口角が上がって白い歯が覗いたのを、温子は見逃さなかった。

第四章　悪しきもの

昭和五十年代。遠賀川流域の〈川筋〉と呼ばれるこの地域は、かつては炭鉱で栄えた。八田《はった》清《せい》治《じ》の父親泰介《たいすけ》も炭鉱の人夫の手配を一手に仕切って羽振りがよかった。母親の咲恵《さきえ》は毎日早朝から人数分の握り飯を作って、高さが一メートルほどの採掘坑《さいくつこう》を這いつくばって人夫に届けた。清治も学校の授業が早く終わった日は母親に代わって採掘坑に入った。

しかし、高度成長期に石炭は石油に取って代わられ、ぼた山を残して炭鉱の町は廃れ、泰介も職を失った。そのあと金融業に手を出したが、そろばん勘定の才はなく、上手《うま》くいかなかった。貯めていた金は底を突き、やがて自らが借金をする羽目となった。

ある時、泰介は軍鶏《しゃも》をさばいて誤って左手の親指を切り落とした。そして保険会社に傷害特約の保険金を請求した。親指が最も保険金が高い。借金の返済が滞り、高利貸しのバックにつくやくざに強要された。いわゆる保険金詐欺だ。しかし保険会社の調査員は、不審に思い本格的に調査を始めた。

折しも、役場の職員が故意に斧で自身の人差し指を切り落として、地方公務員災害補償金名目に数百万円を詐取する事件が発覚して逮捕され新聞沙汰になった。

保険会社の調査員は泰介に、警察に届けない代わりに、保険金の請求を諦めさせた。やくざは腹いせに泰介の右手の親指も切り落とした。

「マスもこけんちゃ」

清治の父親は、自身を嘆き、やがて酒に溺れて、内職で家庭を支える妻の咲恵に再三暴力を振るうようになった。

「母ちゃん、まだ顔痛いと？」

清治は咲恵に冷水に浸けたタオルを差し出し言った。

「うん、少しね」

咲恵はタオルを顔に当てた。

咲恵は顔や体にあざが絶えなかった。

清治が中学二年になった春に、咲恵は清治に言った。

「あの人、最近、酒のせいか頭おかしなって、この前、うちと義妹を間違ごうて殴り掛かったばい。もう廃人やが。清治も中学出たら早こげな家出てったほうがいいばい」

「俺が出てもうたら母ちゃんが心配ちゃ」

「母ちゃんは大丈夫ちゃ。心配やらせんでいいと」

昭和六十一年春。清治は東京行きの夜行列車に乗っていた。新幹線に乗る金はなかった。中学校の教務課が熱心に仕事を探してくれて、卒業までに東京の建設会社に就職が決まった。鉄筋コンクリートの建物を造るには、鉄筋を組んだ後にセメントを流し込む型枠を作る必要がある。清治はその型枠工の見習いとして採用された。咲恵は内職で貯めたへそくりを泰介に分からないよう清治に持たせた。清治は右手には金を、左手には咲恵の写真を握りしめて列車に揺られていた。窓の外は何も見えなくて、清治のこの先を暗示するかのようであった。

東京駅には、建設会社の総務課の中年の男が迎えに来ていた。新規に採用されたのは、全国津々浦々の中卒の男子六名だった。建設会社のマイクロバスは荻窪駅近くの木造二階建ての会社の寮に横づけすると六名を下ろしてどこかへ消えた。

寮長の藤原は四十代の妻子持ちであった。藤原は六名を二名ずつ最近空いた四畳半の三部屋に割り当てた。清治は牧田宏一《まきたこういち》という岐阜県からやって来た若者と同部屋になった。牧田は清治とは違い優男《やさおとこ》で、清治は最初少し苦手な感じがしたが、話すと嫌みのない男で、ほどなく気の置けない仲になった。清治は牧田のことをマキ君、牧田は清治のことをキヨちゃんと呼んだ。毎朝七時には、会社のマイクロバスが寮までやって来て、六名の見習いを含む寮生二十名を乗せて都内各所の建設現場へ運んだ。

型枠工は鉄筋工が組み立てた柱となる鉄筋の周囲をコンパネで造った型枠で囲むのが仕事だ。型枠の部材を担ぎ上げて現場で加工し、寸分の狂いもなく正確に組み立て、この型枠にコンクリートを流し込み均して、型枠が壊れないように監視を行い、養生させて一定の強度が出たら型枠を取りはずす。季節や天候も問わない中で、この一連の工程はなかなかの重労働である。しかも、高所での作業とあって常に危険と隣り合わせだ。しかし、清治は日本の中心の東京で名だたる大企業が入るオフィスの礎《いしずえ》を作る仕事に誇りを持ち、先輩に日々怒鳴られながらも充実した日々を過ごした。お守り代わりに、母親の写真は常に身に着けていた。

五月に初めての給料が出た。金額は七万円ちょっとだったが、半分は田舎の母親に仕送りをした。酒代がなくなると母親が父親から暴力を振るわれるのが心配だった。そのたびに咲恵は便りをくれて、清治は手紙を読みながら、星がない夜空を見上げて母親を慕った。

清治が十八歳になった頃、牧田が新宿に飲みに行かないかと誘った。牧田は東京に来た頃からたびたび歌舞伎町に出ていた。

「マキ君、俺はそげな派手なとこは苦手っちゃ」

と一度は断ったが、牧田に強引に押し切られた。

週末、靖国通りに面した安い居酒屋で適当にでき上がった後、牧田は、「キヨちゃん、次ぎ行こうや」と言った。その店はコマ劇場に近い飲食店ビルの五階にあった。店のフロアは円形で、その中心にはトップレスやバニーの出で立ちの若い女性がいて、遠目にはその部分が回転して接客しているように見えた。しかしフロアに立ってみると、回転しているのは客である清治らのほうで、中心の女の子は止まっていることが分かった。店の客席自体がフロアごとゴンドラのように回転しているのだ。そして四十分で一周するとワンセットのお会計となる。お店の女の子は短大生や大学生らしい。清治は生まれて初めて綺麗な大人の女の匂いを嗅いだ。

(店やら、女やら、東京ちゃ凄いとこ)

清治は実感した。

酔いもあってか、牧田は清治にいい金になるバイトがあるからやらないかと持ちかけた。

「いい金ちゃなんかい。俺は面倒なことはご免やき」

清治は十分話も聞かずに断った。

「キヨちゃん、そんなんじゃないって。俺は金に困ったらやっている」

「マキ君、ほな、なん?」

「キヨちゃんは裸になってただうつ伏せで寝てるだけ」

「なし、そげなんが金になるん?」

清治は怪訝な顔をした。

「一度やってみたら分かるわ。今度一緒に行ってみよう」

翌週、牧田が待ち合わせ場所に指定したシティーホテルの一室に清治が入ると、牧田は既に、全身裸でダブルベッドの上にうつ伏せで横たわっていた。ベッドの横には男二人が立っていた。一人は小柄な禿頭《とくとう》の中年男で白いガウンを羽織っていた。もう一人は大柄で屈強な体躯の紺色のスーツを着た男だ。

「君がキヨちゃんと言うのか？　噂通りの小柄な色白じゃないか」

禿頭の中年男は舌舐めずりをした。

「では裸になって、そこのベッドにうつ伏せで寝なさい」

スーツの男が清治に命じた。

「何言いようとか。おいマキ君、どうなっちょんか？」

牧田は覚醒しているようだが反応はない。

「尻を向けて、寝ているだけでいい」

屈強な男は清治を腹這いにベッドになぎ倒した。そのあと清治のズボンとパンツを脱がせて尻を露出させた。

「先生、準備ができました」

スーツの男は、とてつもない力で清治の尻を固定した。

「よし。行くぞ」

禿頭男は下腹部を露出させて、後から清治の臀部《でんぶ》に押し当てた。

「ぎゃー」

清治は張り裂けるような悲鳴を上げた。

ことが終わった後、男らは去り、卓上には一万円札数枚が置いてあった。やっとベッドから起きて来た牧田が置かれた札を数えた。

「これはキヨちゃんの分や」

牧田は清治に二万円を渡そうとした。

清治は金の受けとりを断りキッパリ言った。

「こげな金は要らん。俺は警察に行くきの」

「悪いことは言わん。警察は止めておけ。あの人は国会議員とその秘書や。金が要らんのなら、俺がもらっておく」

牧田はそう言うと、そのままホテルを去って姿をくらました。

(川筋もんがカマほられたままやったら面子が立つめーが)

清治はその夜は怒りに震えて、翌日、新宿警察へ相談に行った。刑事課の強行犯係という所に回され、中年の刑事が応対した。

「今の法律では、男子は強姦罪の対象にはならない」

「そげな馬鹿んことあるか！」

清治は呆れるとともに憤慨した。

「でも、強制わいせつならしょっぴけるかも」

刑事は清治の話を詳しく聞いて被害届を出させた。そして、まず秘書を呼び出して任意で事情を聞いた。秘書は議員の性癖にうんざりしていたのであろう、口が軽かった。余罪も含めて洗いざらいを喋った。

そして刑事は上司を説得し、国会議員と秘書を強制わいせつ罪の共犯で、秘書の供述調書と共に検察庁に送検した。担当検事は、「秘書の供述調書は議員有罪の証拠にならない」と言って起訴を渋った。どうやら国会議員には大物のヤメ検弁護士がついたようだ。ただ、政治家を不起訴にすれば検察審査会がうるさい。検事は起訴でも不起訴でもない処分保留という奥の手を使い幕を引いた。そして、その刑事は間もなく交番勤務を命ぜられた。そのことを聞いた清治は、刑事に申しわけない気持ちでいっぱいになり、勤務先の交番を探し当てて訪ねた。

「刑事は目の前に犯罪があれば、犯人がどんな立場の人間であろうと正していくのが職務。それから、交番は治安の最前線でとても大切な役割を任っている。君は何か勘違いをしているようだ。

もう二度と悪い友達とはつきあっては駄目だよ」

　元刑事の警官は清治に諭すように言った。


　数年後、清治の前から姿を消した牧田は新宿駅にいた。牧田を学生風の若い男達数人が取り囲んだ。新宿駅の通勤ラッシュは殺人的だ。電車は次々やって来るが、各車両は駅員によって限界まで寿司詰めにされて、発車する電車のドアの窓には会社員や学生の顔が縦に張りついている。

「みんな、段取りは今朝説明した通りだ。二人一組のバディで一人は必ず見張りに立つこと。最近、鉄道会社も警戒している。油断するなよ」

　牧田は若い男達に声を掛けた。それから、歯磨き粉のようなチューブをめいめいに配った。それを手にした若者達は通勤客に紛れて、ＪＲ、小田急、京王帝都の各改札口に備えつけられた自動券売機を目指して走って行った。

　自動券売機で切符を購入する乗客は、通常、硬貨返却トレーに出て来た釣り銭の金額を確認せずそのまま財布に仕舞う。その盲点をついてペーパーセメントを自動券売機の釣り銭返却口に塗《と》布《ふ》して、釣り銭を接着させて、窃取するという新手の犯罪が大型ターミナルを中心に各駅で発生した。券売機一台で一日に数万円の被害が出ているとの報告もあったが、模倣犯の発生を怖れた鉄道各社は、通勤客に対して特段の注意喚起はしなかった。その代わり、独自に警戒を強め、駅員が一日二、三回の頻度で釣り銭返却口の接着剤の塗布の有無を点検し、不審な行動を取る者に目を光らせていた。

釣り銭の回収は窃盗行為そのもので当然警戒の目は厳しい。しかし、窃盗には予備罪の規定がないためペーパーセメントの塗布行為自体は違法とは認識されて来なかった。ただ、ある日を境に駅員に窃盗未遂で現行犯逮捕されるケースが相次いだ。ペーパーセメントの塗布行為は窃盗にあたらないとした一審の無罪判決を覆して、窃盗の着手にあたるとの逆転判決を高裁が出したのだ。

この手口の弱点は、接着剤として使われるペーパーセメントの硬化が速いという点だ。二十分に一回の塗り直しが必要となる。牧田は特別なルートから、何度剥がしても接着力が落ちず、かつ硬化までの時間が長いと言う接着剤を入手した。この接着剤によって、駅員に捕まるケースは大幅に減った。牧田は胴元として、若者達が集めた釣り銭の四割を巻き上げた。

「こら！　待てー」

駅員の大きな声が構内に響いた。

それでも誰かが見つかったようだ。

若者が助けを求めて牧田に向かって走ってくる。駅員は帽子を押さえながら、人混みを掻き分けて若者を追う。若者は牧田の前を素通りした。駅員も牧田の前を通過しようとした時、牧田は軽く足を出した。駅員は大きくつんのめって通勤客の人混みに突っ込んだ。それを見届けると牧田も人混みに消えた。

時は流れ、清治は四十歳となり、変わらず型枠工として汗を流していた。中卒の田舎者は都会の女には相手にされず長く独身だったが、職長と呼ばれる立場になり、遅まきながら婚約者ができた。清治からの便りでそれを知った母親の咲恵はとても喜んだ。ただその時、咲恵は肺を患《わずら》っていた。間質性肺炎《かんしつせいはいえん》の告知を受けた。細菌性の肺炎とは全く異なる。高齢患者の予後は肺がんよりも悪い。採掘坑で這いつくばって石炭の粉塵を吸ったのが原因と医者から言われたが、病のことは清治には知らせなかった。

清治がこれまでに手がけたオフィスビルは百棟を超えていた。東京を見渡せば清治が関わらなかった高層オフィスビルを探すのが大変なほどである。それでもオフィスは足りず、建設ラッシュの中、四ケ月スパンで現場が変わる忙しい日々を送っていた。

そんな中、東北の大震災が起きた。型枠などの建設資材はもとより、型枠工自体が人手不足となった。元請けのゼネコンは、工期を間に合わすため、下請けや孫請けの建設会社に圧力を掛けた。

清治は建設会社の社長から、三カ月後には応援が来るので、それまでは頑張ってくれと言われた。そして社長は、頑張ってくれたあかつきには現場勤務から事務仕事の管理職に昇格させると約束した。

清治は睡眠時間を二、三時間にまで削って、休日も取ることなく働いた。なんとか工期は間に合ったが、無理がたたって腰椎《ようつい》のヘルニアになった。建設会社の社長は掌《てのひら》を返したように、療養の休暇を与えることなく、すぐさま清治を解雇した。清治は、「約束が違う」と強く抗議したが、社長は聞く耳を持たなかった。医者からも転職を進められて、結局清治は長年勤めた建設会社と型枠工の職を辞めることとなった。

「社長、八田の退職金はどうするんですか？　かれこれ二十五年、天引きの積立金は相当額になりますが」

建設会社の経理担当は社長にうかがいを立てた。

「積立金があったところで、うちの会社の就業規則には退職金の規定がない。払わないのはいつものことだろう」

社長は経理担当者に言った。

「あと、労災保険から八田の休業給付が出るみたいですが？」

「辞めていく者に休業給付もないだろう。うちで預かっておこう」

社長はこともなげに言った。

一年後、清治の腰は概ね完治し、建設会社の寮長藤原の伝手《つて》で警備会社の職を得た。地元の信用金庫の支店を夕方に回って、その日に集まった預金を大金庫のある事務センターに運ぶ仕事である。腰に爆弾を抱え、体が大きくない清治は主に運転手の役回りであった。支店の裏口に車を着けると、カラーボールを持った支店の担当者らが待っていた。職員の立ち会いのもと現金の受け渡しが行われ、月末となれば、億単位の金を運ぶこともあった。清治はこの仕事に就いてから大量の札束は鼻腔《びこう》をつく悪臭がすることを知った。

清治が警備の仕事を始めて半年が経った頃、輸送中の現金がなくなるという事件が起きた。警察は警備担当の二人のほか、運転手であった八田にも嫌疑を掛けた。警備担当の二人が犯罪を認めたうえで、八田が主犯格だと供述したのだ。この供述以外に証拠はなく、八田は一貫して犯罪への関わりを否定したが、間もなく逮捕された。

金額が大きかったこともあり全国ニュースで流れて、九州の母親にも知れるところとなった。日本のマスコミは推定無罪に関心がない。逮捕イコール犯罪者だ。実家に取材に行く地元のテレビ局も出た。そして咲恵の病気のことも調べ上げて、「難病の母親の治療費捻出のための犯行か?」とワイドショーで騒ぎ立てた。八田はやがて起訴されて裁判となった。

八田の裁判では、検察が改めて警備担当二人の供述調書を取り直して証拠請求した。八田に国選でついたベテラン弁護士は、この供述調書を不同意とし、検察が証人請求した警備担当二人の公判における証言の矛盾を看破し、証拠とされた警備担当二人の供述は、ひっぱりこみの供述であることを暴いて、清治には無罪判決が下された。共犯のうちの一人の無罪のニュースはうってかわって新聞の隅で小さく報じられた。

誤認逮捕した警察署の課長は清治のアパートを訪れ、「勾留は残念でした。ただ、こちらの手続きにも違法はないので国家賠償はあり得ません。勾留期間に応じた刑事補償はあります」と言い残し、部下を連れて引き揚げた。

この誤認逮捕は清治の人生を狂わせた。清治に残されたのは、僅かな刑事補償金と逮捕起訴されたことによる偏見だ。世間から色眼鏡で見られて、その後の就労機会を失った。八田の転職を支えた婚約者も親の反対を受け、去って行った。清治は報われない人生だと気持ちが徐々に荒んだ。

勾留を解かれた後、清治は母親が肺を患っていたことを知り、勾留期間中に、「病気んことぁ、あん子にゃ伝えてないはずやけど、なんち馬鹿んことを」と言い残してホスピスで亡くなったと聞かされた。母親を東京に呼んで一緒に暮らすのが夢だった。そのために今まで頑張ってきた。清治の心にぽっかり空洞ができて、その空洞は世の中への瞋恚《しんい》で埋めた。そして、いつしか父親のように日々酒に溺れるようになっていた。

清治はいつものように馴染みの居酒屋で酒をあおっていた。眼は虚ろで手は震えている。居酒屋の店長はこれ以上酒は出せないと清治に帰宅するよう促した。かっとなった清治は店長に掴みかかって、その顔を殴打した。その場で、ほかの客に取り押さえられて駆けつけた巡査に引き渡された。店長は被害届を出さなかったが、暴行罪で起訴されて罰金刑を受けた。清治は二十万円の罰金が払えなかった。確定した刑の執行も検察の役目だ。検察は八田に拘置所内の労役場への留置を命じた。労役場で待っていた一日五千円相当の労働が罰金に充当された。

四十日後、労役場を出た清治は前科持ちとなり、よいよ居場所がなくなった。そこで牧田に連絡を取った。

牧田は建設会社を辞めた後、仕事を転々としたが、数年前に窃盗グループの主犯格として捕まり懲役刑を受けた。出所した後は、地回りの暴力団の構成員となったようだ。久しぶりに会った牧田に、昔の優男の面影はなかった。

「あの時は、すまなかった。ただ、キヨちゃんが警察に行ったものだから大事な顧客を失って、俺のやっていたこともバレてしまって、その後はいろいろあって、今はこんな感じでシノいでいるよ」

「こちらこそ悪かった。金に困っている。何か仕事があれば紹介して欲しい」

「俺は、今、うちの組のフロント会社で山谷の人夫出しの仕事をしている。その仕事を手伝ってくれないか？」

「分かった。手伝う。何でもやるよ」

「ただ、今は警察が団狩《だんが》り月間に入っているから、もう少し待ってくれ。その間の住む所はこちらで手配する」

「すまない。助かるよ」

清治は牧田に礼を言った。

しかし、それからいっこうに牧田からの連絡はなかった。どうやらフロント会社が職業安定法違反で摘発されて、牧田も逮捕され、余罪も含めて再び刑務所につながれたと聞いた。ほどなくして、清治は牧田が手配した安宿から追い出された。


清治は大久保の屋敷の地下にいた。安宿で知り合った本村という年上の男と二人で見つけた場所だ。屋敷は地元の不動産会社の所有だが、昼夜の様子から、空き家のようであった。警報システムが設置されている気配もない。清治は警備会社でピッキングの技術を身につけた。旧式のシリンダーキーの解錠はきわめて容易だ。鍵の複製も行い、二人は屋敷に自由に出入りができた。

ただし、人影が窓に映ったり、電灯の明かりが漏れると付近の住人に通報されるため、一階廊下の突き当たりにある窓のない納戸か、たまたま見つけた地下のワインセラーで過ごすことが多かった。ワインセラーは、冷暖房はないが季節の寒暖を感じることがなく、昆虫が多いこと以外は快適だった。それから、何といっても年代物のワインが残っていた。

（同じ地下でも採掘坑《さいくつこう》に比べれば天国だ）

清治はいつもワインセラーの一番奥で寝た。

本村は時々、屋敷に男を連れて来た。近所の韓国居酒屋で偶然居合わせた男らしい。少し知的障害があるようだ。親が残した郊外の一軒家に住んでいるようで金は持っている。本村はその男が来るたびに酒や食料を差し入れさせたが、それはただその男が従順なだけなのか、本村がなにか弱みを握っているのかは詮索しなかった。その男と清治が会話することはなく、お互い知らない人で通した。

清治は大久保の小路の物陰に身を潜めていた。そこへ、後部の荷物台に黒いボックスを固定したスーパーカブが通りかかった。清治は物陰から飛び出すとカブの側面の泥よけの辺りを蹴った。カブはバランスを失って、運転手ごと長屋の玄関の脇にある植栽に突っ込んだ。

カブに乗っていたのは信用金庫の外交職員である。黒いボックスの中身は職員の鞄で、清治の狙いは鞄の中身だ。ほとんどが小切手や手形で、〈銀行渡り〉の朱印が押されているため市中で換金はできない。ただ、商店の釣り銭の両替のために少なからず現金も鞄に入っている。特に休日の前日には両替が多い。これも警備会社の勤務で仕込んだネタだ。清治は金曜日の夕刻、商店街帰りの信用金庫のカブを狙って、防犯カメラのない、長屋の小路の物陰に隠れて待ち伏せをしていたのだ。

清治は植栽に突っ込んだカブに近づくと鍵の掛かっていないボックスを開けて、素早く鞄を取り出した。外交職員は慌てているが、カブと道路の隙間に足を挟まれて、すぐに起き上がれない。ようやく足を抜いた職員は、腹這いになって鞄を持ち去ろうとする清治の左足を両手で掴んで制止した。動きを封じられた清治が身をよじって足下を見ると、悲壮な顔つきの若い男性職員と目が合った。清治のまなざしは、感情のない木偶《でく》のように無機質だった。

次の瞬間、清治はサッカーボールを蹴るように、職員の頭を右足で蹴りあげた。職員の手は力なく清治の左足から離れた。それから、小走りに近くのドブ川のたもとまで行くと、清治は現金だけ抜き取って、不要な小切手や手形、集金の端末などは鞄とともにドブ川に捨てた。

「銀行強盗より、よほど足がつかない」

清治はそう呟くと、意気揚々と歌舞伎町の方角へ消えた。

零時過ぎ。清治が屋敷に戻ると、本村が一階奥の納戸で半裸の若い女の上に腹ばいになっていた。何度も殴打されたのか、女の顔は腫れ上がっている。

「この女、近所の公園で見つけて拾って来た。酔っぱらってベロベロのマグロだ。清治、おまえもやるか？」

「いや、俺はいい」

殴られた女の顔は母親を想起させて清治はその気にならない。ワインセラーの奥に行って寝た。


清治は牧田と東池袋の雑司ケ谷霊園の広場で煙草を吸っていた。

日中の暑さを冷ますような満月の光が真砂土《まさど》で舗装された広場を照らすと、まるで銀箔をちりばめたように光って、広場から通路が真っ直ぐ奥の祭場まで続いているのが見える。

清治は安宿にいた頃、お供えの酒などをくすねるために、たびたびこの霊園にやって来たが、今日は用向きが違った。牧田の出所の報を聞いて、清治が牧田を呼び出したのだ。

「久しぶりの再会が霊園とはな」

牧田は一段と頬がこけて全く別人になっていたが、眼だけはギラギラと醜悪な光を放っていた。

「ここは人目につかない」

「それで、何の話だ」

「俺は、今、大久保の屋敷の地下室で息を潜めている。屋敷の近所に資産家の年寄りが住んでいる。でかいヤマを踏んで人生を逆転させたい。どうだ？」

八田の顔貌が広場の街灯に照らされた。牧田に負けず劣らず下卑た目つきになっていた。

「押し込みか？　二人じゃ無理だ」

「仲間はいる」

「何人？」

「一人、いや二人」

清治は牧田を説得するために、本村のほか、今まで口も利いたことがない男をカウントした。

「四人か。一人は見張り、一人が逃走車両、それでおまえと俺で実行か？」

「分け前は四等分か？　若しくは……」

「おい、ちょっと待て」

牧田が清治の言葉を制した。

牧田の視線は、霊園の前の私道を通る若い女に向けられていた。牧田が清治に目で合図すると、清治も分かったとばかりに動き出した。

（押し込みの連携のデモだな）

清治はそう考えながら、後方から女に迫ることにした。牧田は霊園を縦断し、〈漱石居士〉と刻まれた大きな椅子の形をした墓碑の前を通過して、女の行くほうへ先回りをした。女は地下鉄の東池袋駅へ向かっているようだ。

「こんばんは」

牧田は私道に出ると女の行き先を塞いで声を掛けた。

「……」

「こんな夜中にノースリーブの女性が一人で霊園の周辺をうろつくのは危険ですよ」

「……」

女のほうは、慌てる様子もなく、牧田を観察して黙っていた。

「危険というのは、例えばこんなことですよ」

牧田は近づいて左手で女の右手を掴んだ。

右手を掴まれた女は、牧田の首に左手を回して、その体を軸にして、牧田の力を受け流すように素早く左後方へ回り込む動きを見せた。牧田は逃げていく右手首を離さないが、そのため重心が大きく前方に崩れた。ようやく右手首を離して、立て直そうと後に重心を戻そうとした時、牧田の顎に大きな力が加わった。女の右掌底が牧田の顎を下から激しく突き上げたのだ。牧田は後方へ飛ばされて尻餅をついた。

むきになった牧田は、女の体に抱きつこうと真っ正面から突っ込んだが、女は軽くかわした。更に、むきになった牧田は、そこいらにあった太い枝を掴んで女に殴りかかった。牧田の攻撃は空を切り、女は大きく開脚して体を回転させた。女の右回し蹴りは牧田の左側頭部を見事に捉えた。牧田は草むらに頭からつんのめった。

その時、女の背後から、清治が組みついた。女は清治の右足のスニーカーを力一杯踏みつけた。「ぎゃー」清治は大きな声を出した。だが、組みつく手は離さない。女は組みつかれたまま、しゃがみ込んだ。清治は女を上から押さえ込むような体勢になった。その刹那、女は頭をやや後方に反らせながら跳ね上がった。女の頭部が清治の顔面を直撃した。歯と鼻血が飛び散った。鼻も折れたようだ。

女は怯む清治の前に仁王立ちになったが、間もなく、崩れるように地面に倒れた。牧田が後方からさきほどの太い枝を女の頭に振り下ろしたのだ。

女は気絶した。

「手こずらせやがって」

二人は女を霊園の奥に引きずっていった。隣には斎場の焼き場の建物がある。

「さっさと済まそう」

牧原はそう言うと、女の下着を脱がして、自らの下腹部を露出させた。女は完全に失神しているようだ。

「顔を殴るのは止めろ」

清治は牧田に言ったが、自身の鼻血は止まらない。

しばらくして牧田が女から離れた。

「よし、次は俺の番だな」

清治は女の体に覆い被さった。そして、女の体を揺さぶっていると、やがて女は覚醒して清治と目が合った。次の瞬間、清治の顔面に激痛が走って視界を失った。何が起きたのか分からなかった。続いて下腹部に強烈な痛みを感じ、もんどり打った。女が両手を熊手のように構えて、清治の両眼球を力任せにえぐったのだ。女は清治の股下から体を引きずりだして起き上がると、露出した清治の下腹部に何度も蹴りを入れた。

牧田は傍《かたわ》らで煙草を吸いながら清治のお楽しみを眺めていたが、清治が女に目と下腹部をやられたのを見て、慌ててさきほどの太い枝を握った。枝には血がついている。女にもダメージがあるようだ。牧田は清治から離れて逃げようとする女の頭を後方から一撃した。女は倒れてうめき声をあげた。清治は周りがよく見えていないのか、女につまずいて転んだ。そして手探りで女の顔を探し当てると「畜生、畜生」と言いながら、女の顔を何度も何度も殴った。

「たすけて、さおり」

女が初めて言葉を発した。蚊の鳴くような声だ。

「何ち言いようとか、きさん」

清治は女に馬乗りになってその首に手を掛けた。清治の眼や鼻から噴出した大量の血が女の顔に滴った。女の顔は血まみれで腫れ上がり、やがてうめき声も聞こえなくなった。

「このくそ女。丸焼きだ」

牧田はそう言うと、霊園の駐輪場から原付バイクを持ってきて、燃料タンクのキャップを外して女の腹の上に倒し、清治の手を引いて少し離れた。牧田はポケットからオイルライターを取り出して火をつけると清治に渡した。清治は女がいると思われる方向にライターを投げた。女は一瞬にして炎に包まれた。

第五章　第三の男

佐織は素子の初七日を誰の参列もなく終わらせて、悲しみをこらえながら仕事に復帰した。

「手塚さん、このカルテを急いで第六眼科の原先生に届けてくれる」

看護師長が佐織に頼んだ。看護師長は敢えて多忙な日常の中で佐織が徐々に復調してくれることを期待した。

「はい、分かりました」

佐織はカルテの束を受け取ると看護ステーションを出て、外来棟へ向かった。第六眼科は眼科の外来棟の一番奥にある。外来棟の廊下で診察待ちをする沢山の患者の前を足早に通り過ぎた。

佐織の進行方向の奥から、車椅子に乗った男が近づいて来た。両眼に眼帯と鼻には大きな絆創膏をして、車椅子は看護師が介助している。急ぐ佐織は車椅子の男とさらに近づいた。佐織は進路を譲るため通路の左に寄ったが、すれ違いざま、凍てつく指で心臓を鷲掴《わしづか》みにされる感覚に襲われた。

「佐織、この言葉だけは覚えておいて、『タマは鍛えられない』。もし、暴漢に襲われたら急所を狙う。目潰しするときは十本指を全部開いて顔全部引っ掻くようにする。分かった？」

素子の言葉がすぐに浮かんだ。

男の目は眼帯で見えない。ただ、目の周りについた熊手で引っ掻いたような傷跡は眼帯では隠しきれない。

（この男）

佐織は動揺して手に抱えたカルテ全部を床に滑り落とした。

「まあ大変」

診察待ちをしていた老婦人が拾ってくれるが、車椅子の男も介助の看護師も、その様子に気づかないのか、そのまま通路を真っ直ぐエレベーターの方向へ去って行く。佐織は屈んでカルテを拾いながら、男の後ろ姿を目で追った。そしてカルテを拾い集め、婦人に礼を言った後、男が出てきた診察室を探した。男とすれ違った位置からすれば第一眼科や第二眼科ではない。第三眼科から出てきた看護師に聞こうと思ったが、その時、すでに男の後ろ姿はなかった。

「今、車椅子の男性の患者さんを診てた？」

佐織は同僚の看護師に訊いた。

「いえ、どうかした？」

「あっそう、何でもない」

佐織ははぐらかしたが確信した。

(何でもないはずがない。あの目の周りの傷はお姉ちゃんがつけたもの)

佐織は第六眼科にカルテを届けると看護ステーションに戻った。そして、動揺を静めてから別の同僚に訊いた。

「最近、新患さん入った。目の周りに傷跡があって、もしかして視力もあんまり出ていないかも……」

「八田さんのことかな? 三週間くらい前に仕事場で容器に入った薬剤が破裂して、眼球と下腹部を怪我したみたい。明後日手術だって聞いてるけど。目は第四眼科の橘先生が診ているよ」

「八田さん。眼球と下腹部。ふーん」

「何かあったの?」

「ううん、別に」

佐織は平静を装うことにつとめた。

佐織はその日夜勤を申し出た。人影のないナースステーションでキャビネットから八田のカルテを取り出して住所を調べようとしたが、探し出したカルテの住所欄は空欄だった。

その二日後の日中、八田が処置室の検査から戻ってくるのをナースステーションから目にした。

佐織は同僚の目をはばかりながら八田の病室を訪れ、カーテン越しに中の様子をうかがった。八田は携帯電話で誰かと電話をしているようだ。

「俺、今、入院中。女に目とタマをやられた」

八田の声だ。話し相手の声は聞こえない。

「奴の居場所は分からない。うまくずらかったのか？　連絡がない」

酒ヤケか、随分しゃがれていて、少し訛《なま》りもある。

「ただの女と思って油断したが、俺をこんな目に遭わせやがって。殺して丸焼きにしてやった。斎場の隣でだ。火葬の手間が省けたんじゃないのか。ニュースで見たが女医のようだった。お高くとまりやがって。ざまあみろ。ははは」

（きさま）

佐織は声が出そうになった。

八田は人の気配を感じたのか通話を止めた。佐織は足音を立てずにカーテンから離れて、そっと病室を出た。

（こいつだ。間違いない。お姉ちゃんの仇《かたき》はこいつだ）

ナースステーションへ戻る病棟の通路で怒りと悔しさと同時に喜びも湧いてきた。仇と生きる希望を同時に見つけた。その日から佐織は、八田に報復する計画を周到に練り始めた。

八田は二か月後に症状が固定して退院した。鼻の骨折と下腹部は完治した。目は再建手術が行われ失明は免れたが、視力が完全に戻ることはなかった。特に、右目は物が二重に見える障害が残った。医療ソーシャルワーカーの手配で文京区役所が入院等の治療費を立て替えた。

八田の退院とともに佐織も看護師を退職した。八田の居所《いどころ》を突き止めるのが先決だ。入院前は新大久保駅近くの木造の洋館の地下で寝泊まりしていたことが分かった。退院後は障害年金をもらって蒲田のアパートで独り暮らしをするようだ。

佐織は計画の実行にふさわしい場所へ、八田が立ち寄る機会をひたすら待った。ジムで体を鍛えて、NPO法人の活動を続けつつ、それらの合間を縫って八田の後をひっそりつけた。

判決期日を終えた夜。土田と温子は、センチュリーホテルのいつもの喫茶室のさらに奥にあるラウンジのボックス席にいた。

「やったぜ！　あの化け物に黒星をつけた」

土田は快哉《かいさい》を叫んだ。

「偉そうな口を叩いたが所詮人の子。異能があるとかコミックみたいなキャラ設定は止めてくれ。結局、あの洋館で殺人は起きなかった」

喜色満面の土田を前にして、温子は複雑な表情を浮かべた。

「性犯罪者への私的なリンチに加担した。あんまり喜ばないほうがいいんじゃないの」

温子はカクテルに口を近づけ上目遣いで土田をたしなめた。

「何を言ってんだ。そこは裁判所は認定していない。正当防衛が認められなかっただけ」

「あなた、今、私の顔がどんな風に見えてるの？」

「どうって。まあ、上目遣いはそれなりに可愛いけど」

「そういう意味じゃないの。見え方の話。はっきり見えてる？」

「ここは暗いから、この距離でも顔の輪郭は滲んでいるかな」

「あなた、眼の手術で副作用が出た時、私の前で、『人生終わった』とか泣き言ばかりだったわよね。今回の判決には疑問があるわ。人の視力に障害を与えておいて実刑にならないなんてどうかと思う。たとえ、初犯で、看護師としてこれまでに多くの人命救助に関わったとしても。それから判決を聞いた後、不敵に笑っていた。あの女の闇は深い。将来、再犯の恐れがないとは言い切れないと思う」

怒気を含んだ口調で温子は判決を批判した。

「たしかに物がはっきり見えない辛さは俺は分かっているつもりだ」

土田はワインボトルを手に持って、アルコール度数が確認しようとしたが、諦めてボトルをテーブルに置いて、話を続けた。

「ただ本村には強姦の前科があった。しかも、強姦罪が男女を問わない強制性交等の罪として法改正され、法定刑が厳しくなった後で起きたのが今回の事件だろ。正当防衛は認められなかったけど、そのあたりが裁判官や裁判員の心証に影響して、佐織は執行猶予になったんじゃないのか？　しかも、今回の裁判員は男女同数だった」

それから土田はワインを一気にあおり、火照った顔で温子を見て言った。

「まあ、とにかく即決裁判手続と同じ結論で実質的に勝訴だ。俺たちは刑事弁護士として最高の働きをした。これを機に合同事務所でもやるか？」

それを聞いて温子は口に含んだカクテルを吹き出しそうになった。

「今回は少し力を貸したけど、私はまだ検察官を諦めたわけじゃない。弁護士とは組めない。まして落ちこぼれとは。法廷で対峙した時は覚悟しなさい」

「俺はこれで落ちこぼれ卒業。最強検事相手に無罪判決を勝ち取った弁護士だぞ。各県の弁護士会から講演依頼殺到だな。もう、宮本先生のお世話になる必要もなくなった」

土田は全ての犠牲と苦労が報われた人生最高の時間を迎えていた。

新宿署の刑事課は例によって数人がワンセグで佐織の裁判の判決のニュースを見ていた。その横で吉川と田崎が言葉を交わした。

「佐織の裁判が終わりましたね」

「殺人も傷害致死も免れて傷害罪で執行猶予。弁護人ではなく池谷の遺書に助けられた感じだな」

「実姉が性的暴行を受けた後に殺されて、それも未解決。佐織に同情する部分もあるんですが……」

「仮に、検察の主張どおり性犯罪者への罰だったとしても、佐織は被害者が死ぬことまでは望んでいなかったってわけだ」

山城は例によってシューズの手入れをしながら、二人の会話を聞くともなしに聞いていた。

「自身は命がけだったのに結果がつり合わない気がしますが。それに、佐織はどうしてわざわざ、あの洋館にこだわって池谷を呼び出したんでしょうか。あの洋館の威容《いよう》はかえって目につきますよね」

「佐織の身内は誰もいなくなった。『池谷に殺して欲しかった』って言ってたのもまんざら虚言でもなかろう。あの洋館を選んだのは、なにか象徴的な意味があったんじゃないのか。それに、池谷を使って性的暴行を偽装したっていうのは、あくまで検察の推論だ」

「なら、自殺した池谷の遺書の文末にあった、『いつものところには知らない人』ってどういう意味ですか？」

吉川は不可解で仕方がない様子だ。

「池谷が女児の監禁以外に何かをやらかしていたんじゃないのか。そもそも、池谷には知的障害があったそうだぞ。文脈に意味があるのか?」

田崎が聞き返した。

「裁判所は文脈に問題はないと認定しています。だから、佐織は殺人で無罪になったんです」

吉川は食い下がる。

着地点が見つからない低空飛行の二人の会話に業を煮やしたわけでもなかろうが、山城はシューズを机の下に仕舞って口を開いた。

「遺書によれば、池谷は本村のことを知っていた。どこかで接点があったようですね。私たちにはまだ見えていないことがありそうです。本村には前があったようですが?」

「強姦の前科がありました。ただ、本村は服役していません」

田崎は自身の机に雑然と置かれた書類の束から資料を即座に見つけ出して答えた。これはこれで本人には整理がついているようだ。

「今は減刑事由がない限り、強制性交つまり強姦に執行猶予はつかないはずですが、いつ頃の事件ですか?」

「えーと、六年前です。浅草署管内の事件です」

田崎は資料をめくりながら答えた。

「そうですか。当時は、今と違って強姦罪は親告罪でしたね。当然、被害者から告訴状が出ていたはずですが、有罪になって、結局執行猶予がついたのですね？」

「そのようです」

田崎は罪状に関する不見識が露見しないよう短く返答した。

「強姦罪で執行猶予ですか。初犯だったとしても珍しいですね。一度、浅草署に行って話を聞いてみますか。見えていないものが見えてくるかも知れません」

「分かりました。早速、浅草署にアポを取ってみます。山城さん、何時《いつ》がいいですか？」

「早いほうがいいですね。お願いします」


翌日、山城と田崎は浅草署の一室のソファに並んで座っていた。そこに鼻眼鏡を掛けた刑事が書類を抱えて入って来た。室伏《むろふし》と名乗った刑事は二人の面前に書類の束を下ろすと、「よっこらしょ」と言って、向かいのソファに腰を下ろした。

「突然、昔の事件ですみません。室伏さんが捜査主任だったと聞いています」

山城は急な来訪を詫びた。

「いいですよ。私は来月退職なので、仕事も与えられず時間を持て余していたところです。あなた方は例の大久保の洋館の事件を追ってるんですね。ただ検察は控訴を諦めて、傷害罪で確定したと聞いていますが？」

「そうなのですが、少しだけ気になることがあってやって来ました。洋館で死んだ本村の六年前の強姦事件なのですが、有罪で執行猶予がついたっていうことらしいですね」

「ええ、あの事件、証拠は揃っていたのですが、本村は当初犯行を否認していたのですよ。ところが、弁護人が国選から私選に代わってから自白に転じて、その弁護人から裁判所に示談書と嘆願書が提出されました」

「被害者は何故、嘆願書を出したのですか？」

「ご存じの通り、性犯罪の否認事件の法廷は独特の雰囲気です。最前列は傍聴マニアが陣取って、彼らは被害者の一言一句に腰を浮かして一喜一憂する。被害者が泣くところが最大のクライマックスです。それでも遮蔽措置が取られるので傍聴席から被害者は見えませんし、被害者からは傍聴席はもちろん被告人も見えません。ただ、その中でも六年前の本村の裁判は異様でした。被害者の証人尋問期日に傍聴席は日雇い労働者で一杯でした。一般人や傍聴マニアはもちろん、被害者の関係者ですら満足な席が確保されなかった。法廷内には汗やら酒やらの臭気が充満して、遮蔽も役に立たなかった。その私選弁護人が日雇い労働者を一人千円で動員したって、後から聞きました。被害現場の雰囲気を法廷で再現したんです。法廷秩序にうるさい裁判長も臭いには文句が言えない。主尋問の最初から被害者の声は震えていました。それから、その私選弁護人の反対尋問は尋常じゃなかった。『あなたは、なぜ、抵抗しなかったんですか。合意したんじゃないですか？』を連呼して、被害者の男性経験の数だの、果ては、事件時の被告人の陰茎の状況まで尋問した。被害者の女性は遮蔽の向こう側で何度も泣いていましたよ。可哀想に」

室伏は書類をめくりながら当時の記憶の糸をたぐり寄せた。

室伏が持ってきた書類には、被害者の写真はなく、住所もマスキングされていた。別のファイルで管理されている。性犯罪の被害者保護の観点から、法改正後、このような処理がなされるようになった。

「被害者は決して本村を許したわけではないのですが、あの雰囲気の中で戦う意志が挫けてしまったんです。その後、その弁護人がウラで、被告人に自白させる代わりに嘆願書を出すよう取引したって話でした。当時、強姦罪は告訴が必要な親告罪でした。ただ、起訴後に、告訴の取り下げはできない。嘆願書の提出は、事実上の告訴の取り下げです。裁判所とすれば、執行猶予を出さざるを得なかったのでしょう。僅かな示談金と引き換えに嘆願書を出したのが真相です。ただ、一文なし同然の本村が示談金や私選弁護料をどこから用立てたかは分かりません」

室伏は無念の表情で静かに語った。

「犯行は本村の単独犯だったのですか？」

山城が訊いた。

「そこは単独犯でした。ご存じの通り複数犯なら法改正前でも告訴は要りません。立件されていませんが、そちらの洋館でもこれまで色々あったと聞いています。こんなことを、私が言うのもなんなんですが、本村は死んでくれてよかった。これで、私も心残りなく刑事を退職できます」

山城と田崎は室伏の告白を黙って聞いていた。

室伏の背後の窓越しに公園が見えて、綺麗に並んだ銀杏《イチョウ》が色づき始めていた。

「それで、これが当時の本村の住所です。強姦の現場でもあります。ただ、簡易宿泊所で人の出入りが頻繁なので、六年前の情報が得られるとは思いませんが……」

「ありがとうございます」

山城は室伏に礼を言って、田崎とともに浅草署を後にした。

「山城さん、室伏刑事が言っていたみたいに、この住所は日雇い宿で、入れ替わりが激しい街の一角のようです。それから、この地区の住人は警察には一様に非協力的と聞きます。有益な情報が得られるとは思いませんが……」

浅草署の駐車場に停めた車の前で田崎が言った。

「まあ、行ってみましょう」

山城は物見遊山《ものみゆさん》でもするかのような軽い口調で言った。

車を走らせ、《泪橋《なみだばし》》と表示されたバス停の前を通過すると町の雰囲気が変わった。田崎は山谷地区に来るのは初めてだが、想像していた町の様子ではなかった。木造の簡易宿泊所は確かに多いが、鉄筋コンクリート造りのホステルも目につく。田崎が車を走らせ、三叉路を大きく曲がってバックミラーを覗くと高層の賃貸マンションが建築中で、その向こうにはスカイツリーが聳《そび》えている。

「山城さん、もらった住所はここです」

田崎が車を停めたところは、既に更地になっていてロープが張られ、〈貸地〉の看板が立っていた。

「簡易宿泊所は取り壊されたみたいですね。田崎さん、そこの角を曲がって東へ二百メートルほど車を走らせてください」

山城は田崎に頼んだ。田崎は再び車を走らせ、角を曲がると、比較的大きな通りに出た。

「ここで停めてください」

車は古びた建物の前で停まった。白いモルタルの外壁にはクラックが多数見られ一部は剥がれている。建物の鉄製の扉には様々な告知の紙がべたべたと貼られている。

山城は車を降りると扉を開いて建物の中へ入って行った。田崎も車を降りて、建物を仰ぐと屋根のてっぺんには十字架が立っていた。

「牧師、お久しぶりです」

山城は白髪の老人に背後から声を掛けた。

老人は座席が十数席ほどのこぢんまりした礼拝堂を杖をつきながら箒《ほうき》で掃除をしていた。

「おお、山城さんじゃないか。本当に久しぶりだね。少し痩せたかな?」

「いえ、最近はデスクワークが多くて少し肥りました」

山城は懐かしい顔をして礼拝堂をぐるりと見渡した。

「貧困ビジネスの仕組みを教えて欲しいってやって来たのが最後で、もう七、八年になるかな。まあ、私は見ての通りあちこちにガタが来ているが、なんとか息をしているよ」

「前に来た時とは、町の風景が随分変わりました」

「そうだな。石を投げれば外国人のバックパッカーに当たりそうだ。そちらは新人さんかな?」

「はじめまして。田崎と言います」

後から入って来た田崎は牧師にお辞儀をした。

この地区には教会のほか福祉会館が多い。牧師も、週に一回、地域ボランティアと一緒に近くの公園で炊き出しを行って、日雇い労働者やホームレスの食事の支援をしている。日曜日には教会で礼拝も行っており、命の相談も二十四時間受けつけている。あと、白手帳の交付の支援も重要な奉仕のひとつだ。

　白手帳とは、日雇い労働者の雇用保険手帳のことだ。白手帳があれば職安で仕事が見つからなかった時は、日々失業給付が受けられるが、実のところあまり利用されていない。国が制度の存在自体を周知しないこともあるが、職安が常用雇用を勧めて白手帳の発行を渋るのと、雇用主が保険料となる印紙の貼付《ちょうふ》を惜しむのが原因だ。

　牧師は山城が生まれる前から、この地区でこうした活動を続けていて、この地区に出入りした人間の大半は知っている。牧師は山城の《チーム》の一員ではない。ただ、中高生の頃から山城のことを知っている。

「あなたをいじめる誰かは、あなたの知らないところで誰かにいじめられて悩みを抱えている。あわれみの心と赦《ゆる》しが必要です」

「半年間は生き抜いて。その後のことは、その時に一緒に考えましょう」

　と、山城の相談に応じたのはこの牧師だ。そして、

「大人になって誰かと会話をする時は立場を越えて礼意を持って言葉を選びなさい。立場に慢心してはならない。それが大人というものです」と、山城に説いたのもこの牧師だ。

　以来、山城は家族、親戚、友人、同僚など自身に近い人間はもちろん、居酒屋の店主などその場限りの人間のほか、被疑者や被告人に対しても丁寧な言葉使いを心掛けてきた。

「今日は別件です。牧師、この写真の男を見たことがありますか?」

「ああ、これは本村だな。よく覚えているよ。炊き出しの日には、いつも先頭で待っていた。よく食べる男だったね」

「本村は大久保の洋館で階段から落ちて死にました」

「ニュースで見て知っているよ。気の毒だな」

牧師は肩を落とした。

「本村を最後に見たのは、いつ頃ですか?」

「最後はいつかな? それは、はっきり覚えていないが、本村が強姦事件を起こした年が明けた頃だったと思う。見なくなる前、半年くらいは小柄な男と行動を共にしていて、その男も同じ頃に見なくなった」

「小柄な男ですか?」

山城は、輪郭すら見えなかった第三の男のすがたを視界の端に捉えた気がした。

「そう、公園の炊き出しにも一緒に並んでいたはずだ」

「その小柄な男、ほかに特徴がありませんか?」

「特徴か?」

牧師は宙を見つめて思いを馳せた。記憶の深層から男に関わる幾つかが浮かび上がった。そのうちのひとつが気泡のように表層に近づき、やがてはじけた。

牧師は軽く膝を打った。

「もしかしたら写真に写っているかも。本村は年末にこの教会で開催する聖夜のパーティーには必ず参加していた。酒は出さないが、少し奮発した食べ物を提供するのでね。もし、その男も一緒に参加していたなら記念撮影に写っているはずなんだが。少し待ってください」

牧師は教会の奥に消えて、数分後、アルバムを持って戻って来た。

「あったあった。聖夜のパーティーの記念撮影。これが本村で、その横に映っているのがその男だよ」

「見たことのない男ですが、笑顔ですね」

山城が写真の男を見て言った。

「ああ、本村はいつもむっつりしていたが、この男は場面をわきまえてちゃんと笑える人間でしたよ」

「あれっ！　待ってください。この男」

田崎が、横から写真を覗いて声を発した。

「田崎さん、何か？」

「洋館の近くに設置された自動販売機には防犯カメラが内蔵されていました。事件当夜、その防犯カメラの映像には手塚佐織は映っていませんでしたが、ほか数人の人物が映っていました。ただ、佐織が出頭したので、その映像はそのままになりました。数人の中に小柄な男がいて、この写真の男と雰囲気が似ています。もっとも、その映像の男はサングラスを掛けていたので、これだけで同一人物かどうかまでは判りませんが」

田崎の話を聞いていた牧師が口を開いた。

「この男の顔を見て思い出したよ。山城さん、神様は異なりますが神輿だこって知っていますか？」

「神輿だこですか？　はじめて聞きました」

山城は応えて、今の心境を吐露した。牧師を前にすると肩の力が抜けて、意識を追い越して言葉が出てくる。

「牧師、私はあの時と同じただの若造で、未だに何ひとつ見えていないと思い知らされます」

それを聞いた牧師は、白髪まじりの眉を開いて、安堵の表情を浮かべた。

「謙虚さは尊い。謙虚さを失った人間には結局何も見えない。そして、あなたのその謙虚さが、おそらく、あなたの味方を増やしている理由でしょう。私もその一人。では教示します。神様の乗り物である神輿《みこし》の担ぎ手には、背中に大きなコブができます。この小柄な男の右肩には服を着ていても分かる大きな膨《ふく》らみがありました。もちろん神輿を担いでできたわけではないでしょう。

おそらくこの地区にも多い、鉄筋工か、型枠工か、重い荷物を肩に担ぐ肉体労働に長年身を投じていた証《あか》しでしょう。この写真では前の人に隠れて分かりませんが、右肩が盛り上がっていたのが、この小柄の男の特徴です」

齢《よわい》七十を超えてなお艶のある牧師の声は、山城の耳に届いたあとも礼拝堂にわずかに残響した。

「牧師、ありがとうございます」

山城は牧師の教示を仰いで田崎に尋ねた。

「田崎さん、その防犯カメラの映像はどこにありますか？」

「うちの署の鑑識係に残っているはずです」

「すぐに署に戻りましょう」

「分かりました」

田崎は教会の扉を開けて車へ戻って行った。

「山城さん、もうひとつ。最近、池袋署の刑事と名乗る男も訪ねて来ましたよ。その男も、誰かを探している感じでした」

「その刑事はどんな風でしたか？」

「どんなって。私よりは、ひと回りは若くて六十歳前後って感じかな。警察手帳は出さなかったけど、いかにも老練な刑事って雰囲気で、時々射るような眼光になるので疑わなかった。ただ、聞いていたのはこの小柄な男のことではないですよ。それから、聞かれた男のことは私にも覚えがなかった」

それを聞いた山城が応えた。

「そうですか。その刑事風の男なら分かります」

「なら、なんとかなるな」

牧師は微笑んだ。

「牧師、色々とありがとうございました。どうぞ、これからもお元気で」

山城は牧師に深々とお辞儀をした。

牧師はお辞儀する山城の頭にそっと按手《あんしゅ》した。

それから教会の外に杖をついて出て山城らを見送った。

「神のご加護を」


新宿署に戻った山城と田崎は、鑑識係の操作担当者を前にモニターを覗き込んだ。

「事件当日の映像を出してください」

田崎が担当者に指示をした。

「はい、分かりました」

担当者はフォルダーから当日の映像を選んでモニターに映し出し二倍速で再生した。モニターには数人の人物がコマ送りで登場した。

「この男ではないな。これも違う。あっ、この男。そこでストップ」

田崎が言うと、担当者は映像を止めた。

「右肩の部分を拡大してください」

担当者が、止めた画像に映る小柄な男の右肩の辺りを四角くドラッグすると、その部分が拡大された。自販機の明かりに照らされ、男の右肩が少し盛り上がっているのが分かった。

「この男だ」

田崎は思わずモニターを指さした。

「この防犯カメラと洋館との位置関係はどうですか？」

山城が担当者に訊いた。

「洋館の北方約三百メートルにある自動販売機です。この感じだと男は洋館のほうへ向かっているように見えます」

「この男の映像はこれだけですか？　この後、戻って行く映像はありませんか？」

山城は担当者に確認した。

「この男が戻っていく映像は見当たりません」

「本村と昔行動を共にしていたこの男が、事件当夜に洋館に向かって歩いていて、その後は足どりが分からない。事件後、あの洋館は調べましたか？」

今度は田崎に確認した。

「私が命ぜられた実況見分は、現場が未だ血だらけでしたので、別の似た場所に佐織を連れて行き実施しました。特殊清掃業者の清掃も、本村の死体のあった階段の踊り場と携帯電話が見つかった二階のゲストルーム、それから二階の廊下のみと聞いています」

「なら田崎さん、分かりますね」

「池谷の遺書にあった『知らない人』は、この小柄な男の可能性があるってことですよね」

「結構」

「そして、あの洋館全体の捜索が必要だってことですね」

山城のお決まりのフレーズに田崎が応じた。

「見えないものが少し見えてきたかも知れません。あの洋館に、第三の男、つまりこの小柄な男がまだいる可能性があります」

ぼんやり視界の端に捉えた第三の男と対面する時が来たようだ。

鑑識係から刑事課に戻った山城は、すぐに合田係長の席へ行って数分間会話をすると連れだって奥へ消えた。やがて戻って来た山城は、田崎と吉川に対して、裁判所に走って洋館の捜索令状を請求するよう指示を出した。

翌日の朝。事件の起きた真夏とは異なり、冬の到来を感じさせる季節となり肌寒かった。洋館の入り口には冬服で装備した総勢二十人足らずの新宿署の警察官、刑事らが集まり物々しい雰囲気になった。そして、例によって少し遅れてやって来た山城の号令で洋館の大規模捜索が始まった。

「全ての部屋を開けろ。施錠されているところは鍵屋に頼んで解錠しろ。二階は床材の抜けに気をつけろ」

「くまなく探せ。死んでいるとは限らないぞ。十分注意しろ」

田崎は巡査部長らしくなった。

洋館には店舗スペースのほかベッドルームが四つ、バスルームとキッチンが二つずつ、ほかにリビングダイニング、ゲストルーム、書斎と納戸が一つずつある。

「何か見つかりましたか？」

「いえ、今のところ何も」

「天井裏はどうですか？」

山城が声を掛ける。

「班長、一階は何も見つかりません」

「班長、二階も何もないようです」

捜索は二時間程度続き、考えられる空間は全て調べた。

（三人目は思い過ごしか？）

と山城が思った時に、

「あの洋館は趣味嗜好の究極のオーダーメイド」

不動産鑑定士富田の言葉が脳裏をよぎった。

「警備犬の投入をお願いします」

山城は田崎に指示をした。

「えっ！　警備犬。三人目がいるとしたら警察犬のほうが向いていませんか？」

田崎が聞き返した。

「池谷がこの屋敷で第三の男と遭遇していたとしても、池谷の臭いはとっくに消えていて警察犬は使えません。男を直接探索できる警備犬のほうが向いています」

やはり山城は頭の回転が速い。

「分かりました」

田崎は警視庁警備部に警備犬の出動を要請した。

一時間ばかりして、二頭の警備犬がハンドラーの係官とともに派遣された。二頭の首には鈴がついている。災害救助と同じモードだ。警備犬は警察犬と異なり空中に浮遊する人間の臭いを嗅ぎ分ける。生死には関わらない。二頭は一、二階それぞれに放たれ、機敏に一通り嗅ぎ終えると、うち一頭は一階書斎の壁際にある天井まで届きそうな大きな本棚二個の前に座りこんだ。本棚には百科事典や美術書のほかに料理とワインの本が整然と並んでいる。

「ここに何かあるようですね」

「どう見ても本棚ですが」

「動きますか?」

「よし動かせ」

両サイドから引っ張ると本棚がそれぞれの方向にスライドした。しかし、そこに空間はなく単なる壁だ。

「これは比較的最近塞《ふさ》いだものですね。田崎さん、お願いします!」

山城が壁の感触を手で確認して田崎に指示をした。

田崎が、持ち込んだ大型ハンマーを振るうとコンパネらしき壁は簡単に穴が開いた。

「この屋敷には地下室があるようです」

田崎が穴から中を覗きこんで言った。

「田崎さん、私が行きます」

山城はスーツを脱いでワイシャツ一枚になった。

体をすぼめて穴をくぐると、田崎から渡された懐中電灯を持って注意深く階段を下りた。木製の階段がギシギシ音を立てた。十段くらい降りるとやがて床に到達した。真っ暗だが地上階よりも暖かい。床も木製でできていて、照らすと酒の空き瓶、カップラーメンの空容器や雑誌、たばこの吸い殻や手袋などが散乱している。人が複数いた気配がある。ゴキブリやコオロギなど昆虫の死骸も多い。

奥の方に家具のような背の高い整形の影があって、手をそちらに向けると懐中電灯はワインボトルの棚を丸く切り取るように照らした。

「ワイン。書斎からワインセラーに直通ですか。『究極のオーダーメイド』ですね」

山城は呟いた後、酒やタバコの異臭に混じって少し腐臭を感じるようになった。

いつかのようにハンカチを取り出し、顔の下半分を覆いながら更に奥まで歩を進めた。すると山城の足に、何かが引っ掛かった。二本の足だ。誰かが座っている。臭いの方向と一致する。懐中電灯で照らすと、マネキンに見えたのは遺体だ。山城は遺体の顔面を照らした。三人目とすればとっくに白骨化が始まっていいはずだが、腐乱は一定進んではいるが、そこまでには至っていない。ワインセラーで温度と湿度が一定に保たれたせいか、山城にも分からない。

目の周りには、本村と同じような引っ掻いた傷跡が見られた。

男は服を着たまま、柱にもたれて座っている。足先から照らしていくと、座っている板張りの床一面と穿いているズボンが闇よりも黒く変色していた。両足の間にはタガーナイフが置かれており、刃にも黒いものがべっとり付着して床と同化している。足下に花が置かれていて、それも黒く変色しているが、それはただ枯れたようだ。

腹にはセロハンテープでB5サイズの紙が二枚貼られていて、腹から上は目立った外傷は見受けられない。胸のあたりをロープで柱にくくりつけられ、右肩は防犯カメラの映像どおりに膨《ふく》れていて、口には何かを咥《くわ》えている。山城は手袋をして慎重にそれを少しだけ口から引きずり出した。

「出血の原因はこれですか」

山城のハンカチを押さえる手がきつくなる。左手に安物の腕時計をしているが壊れている。時刻は八時五十五分。二十七日。このとおりなら本村が転落死する三時間程度前だ。右手には写真が握られており、柱の背後には使い古した鞄が置かれていた。

腹に貼られた一枚の紙に、懐中電灯を照らすと内容は次のようなものだった。

〈この男の目の周りの傷跡は私がつけたものではありません。お姉ちゃんがつけたものです。この男はお姉ちゃんを強姦して、殺して、火をつけた犯人の一人です。殺したのは私です。手塚佐

織〉
そして、もう一枚は、〈羊たちへと〉題されていた。
〈オオカミどもの意のままに毎日毎日蹂躙されて殺されて。羊たちは荊《いばら》を身にまといオオカミどもに血の刻印を〉と記されてあった。
山城は、すぐに携帯電話で洋館の地下の状況を合田係長に報告した。代々木警察の交番の巡査らはすぐに佐織の自宅マンションへ急行したが、すでに、もぬけの殻だった。ただ、ダイニングにテーブルが残されていて、その上には紫色の花が飾ってあった。

洋館のワインセラーで佐織に殺されたと思われる男の身元が判った。名前は八田清治、享年五十歳、独身。福岡県の出身で、酒乱の父親から離れるために中学校を卒業してすぐ上京し、建設現場で型枠工として働いた後、職を転々とした。
三年半前、何らかの事故で目に障害を負って、障害者年金を受け取りながら独りで暮らしていた。その後、遺伝的要素が疑われる若年性認知症を発症し、地域のケアマネージャーの紹介で障害者用のグループホームに入所したが、入所半年を過ぎた頃から徘徊が始まるようになっていた。グループホームの職員の話によれば、去年の七月二十七日の正午過ぎに見当たらなくなって、〈目の周りに大きな傷跡。外出時は大きめのサングラスを着用。携行品は古い鞄で、中身は母親の写真のみ〉の情報提供をして、地元の警察に捜索願を出していた。

腹に貼られたB5サイズの紙に書かれた内容が本当だとすれば、三年半前の何らかの事故は佐織の姉の素子によるものであり、素子を強姦して、殺して、火をつけたのがこの男。八田だ。

その後、八田の足下に置かれた花と佐織のマンションに残された花はアザミだと分かった。


山城と田崎は洋館にほど近い韓国居酒屋を訪れた。佐織が八田を殺したと思われる時間に、佐織がこの店にいたことを、居酒屋の店主は吉川の聞き込みで供述した。居酒屋は共同住宅の半地下の部分を改造した簡易な造りで、看板や掲げられたメニューは全てハングルで、一見しただけでは何の店だか分からない。山城らは店の表から入ってアルバイトの女に店主の居所《いどころ》を訊いた。その様子を厨房の奥から見ていた店主の男は裏口から走って逃げた。

山城の頭の中でノイジーな曲が鳴った。

「田崎さん、表から回ってください」

山城は田崎に指示をした。

男は北へ一直線に三百メートル走った。そこで戸山公園に突き当たった。男は一時逡巡したが東を選んだ。道沿いに駐輪された自転車をなぎ倒しながら逃走を続ける。プライオメトリクスの効果はてきめんで、山城は障害物をなんなくかわして、追走のギアをトップに入れた。

あと数メートルのところで男に追いつきそうになった時、日中の人通りの多い明治通りに出た。通りがかった主婦や女子高生、コンビニの前で煙草を吸うサラリーマンらが山城に視線を送る。

「何だ」

「何があった」

「誰だこいつ」

山城は衆人環視の場面に遭遇し足が止まった。この季節は症状が特に酷い。山城は体がこわばる中、なんとか前に足を進めた。

逃げ切れると男が思った次の瞬間、その体が大きく弧を描いて宙を舞った。待ち構えていた田崎が、男に背負い投げを繰り出したのだ。田崎は男が頭を打ちつけないように、襟をしっかり引きながら、男を地面に落として後ろ手にねじ伏せた。

田崎は、小径なら必ず山城が追いつめる。ただし、大通りに出れば取り逃がすかも知れないと考えて明治通りに先回りしていた。一般人ではないが、やはり田崎は、山城を最も理解し、山城が最も頼れる《チーム》の一員だ。

「なぜ嘘の供述をした」

「初めて来た女に金を貰って頼まれました。ただあの日、女が店に来たのは本当です。先に来ていた常連の池谷さんと何かの相談をして二人で出て行きました」

店主は応えた。

「嘘のアリバイ供述は犯人隠避罪。かくまっていたら蔵匿罪。豚箱行きだぞ。女の居場所を教えろ」

田崎は詰問した。

「知りません。本当です」

男は切実に訴えた。

山城も間もなく追いついた。

ただ、それで佐織の消息は全く分からなくなった。

第六章　薊の審判

「おーい、父《てて》なし子が帰るぞ」

佐織を普段からいじめる同級生の男子が下校時の佐織を五、六人で取り囲んで騒ぎ立てた。

「父なし子！　父なし子！」

佐織はあっちに押され、こっちに押され、やがて道路に倒されて泣き始めた。擦りむいた膝から血が出ている。

一番体の大きい男子の頭に後方からランドセルが飛んで来て、黄色のキャップが宙に舞った。男子が振り返るとこちらへ猛然と突進してくる上級生の女子が目に入った。素子だ。

「妹をいじめるんは、男子でも、何人でも、私が容赦せえへん」

素子は倒れた佐織を庇《かば》うように男子ら数人の前に仁王立ちになった。

素子は一人だが、小学六年の素子と男子らの体格差は明らかで、

「鬼ババアが登場や」

捨て台詞とともに男子らは蜘蛛《くも》の子を散らすように逃げた。

素子は佐織の元へ駆け寄り屈んで、

「佐織、お姉ちゃんが来たから、もう泣かなくてええよ」

素子は佐織の頭を優しく撫でた。

「お姉ちゃん」

佐織は素子の懐《ふところ》へ潜り込んだ。

夕焼けに映えて茜色に染まる川面《かわも》から、大学漕艇部のコックスの小気味よいコールが聞こえる。

素子は佐織を背中におぶって瀬田川の土手を家へ向かって歩いた。

「足は痛まんの?」

素子は体をねじって佐織に訊いた。

「うん平気」

佐織はそう言うと、もぞもぞと素子の背中を這い上がった。

「お姉ちゃん、どうしてうちにはお父ちゃんがおらんへんの?」

「悪い病気になって死んでしもうた。佐織はまだ赤ん坊やったね。お姉ちゃんもたくさん思い出はないけど。とても優しいお父ちゃんやったんよ」

「病気のバカ」

佐織の悔しそうな声が背中から聞こえた。

「うん、そうやね。お姉ちゃんはいっぱい勉強してお医者さんになるわ」

「なら、佐織は看護婦さんになって、お姉ちゃんを助ける」

佐織のお尻を支える素子の手。素子の首に回した佐織の腕。それぞれがそれぞれの温もりをしっかり抱擁した。

「見てみ、土手に紫色のお花が綺麗に咲いてるわ」

瀬田川の土手は紫に覆われて、ゆるやかにカーブを描きながら母親が待つ家へ続いている。

「ほんまや、お姉ちゃん。お花の名前を教えて」

「これはアザミっていうお花。綺麗やけど油断して触るとトゲがあるから注意せなあかんよ。花言葉がぎょうさんあって面白いわ。佐織がもう少し大きくなったら教えてあげる」

「お姉ちゃんは何でも知ってる。約束」

佐織は素子の目の前に小指を出して指切りのポーズを取った。

「暗うなってきたね。お母ちゃんがご飯作って待ってるわ。早よう帰ろ」

「うん」

佐織の元気な声が夕暮れの川面を渡って行った。

「お父さーん」

素子は遮断機が下りた踏切の向こう側に、鞄を提げた父親を見つけて手を振った。

父親も黄色のキャップを被った素子に気がついて微笑んだ。

「お帰りなさい。でも、おうちと反対だよ」

素子は叫んだ。

父親も素子に何かを言っているようだが、踏切の警報音でその声は聞き取れない。でも、その顔はいつもどおりの優しい笑顔だ。ただ、それが素子にとって最後の父親の笑顔になった。目の前で電車が交互に二本通過して、遮断機が上がり、素子が父親の元へ駆け寄ろうとした時、そこに父親の姿はなかった。後れて通過した快速急行の鈍い急ブレーキ音が、あたり一帯に鳴り響いた。

素子は踏切の向こう側へ渡って、あたりを見回したが、やはり父親の姿はどこにもなかった。

「きゃー」

女の悲鳴が聞こえた。

「人が飛び込んだぞ。救急車を呼べ！」

男の叫ぶ声が聞こえた。

「またかよ。今週に入って二度目だぞ。こっちは急いでいるのに迷惑を考えろ」

心ない声が素子の耳に届いた。

素子の足下には、さきほどまで父親が提げていた鞄が落ちていた。

次の日の夕刻は雨だった。父親の通夜には、多くの仕事関係者のほか近所の人が集まった。素子の母親は泣きはらして憔悴《しょうすい》していた。素子は事情がよく分からず、赤ん坊を抱っこして伯父の膝の上に座っていた。

「事業の資金繰りに悩んで、最近はうつになっていたみたいよ」

「奥さんも気づいてあげられなかったのかねー」

近所の人が両親の悪口を言っているのは素子にも分かった。

佐織は警察署の霊安室に案内された。線香の臭いが充満している。室内の中央に置かれた、足の高い台の上に大きな白い布が被せられている。「すでに検視は終わり、この後、司法解剖にまわされる」との担当刑事の説明は、水中で発せられたように、くぐもって、佐織の耳に届いた。

佐織は色褪せた現実感のない空間で、手足と思考の回路がバラバラになって、無意識に白い布に手を伸ばした。

「あっ！　見ないほうが」

付き添いの支援委員が言ったが遅かった。

素子の遺体は黒色に焼け焦げて変形したマネキンのようだった。こと切れる前の苦悶が大きく開いた口からうかがい知れた。手も焼けただれて指紋が採取できず、身元を特定できるものは歯形しか残らなかった。

「これは、本当にお姉ちゃんなのですか？」

佐織は間違いだと言って欲しかった。

「お気の毒ですが、検視によれば間違いないということです」

支援委員は佐織の背中に手を添えた。

沙織は黒焦げの素子の遺体の前で泣き崩れた。

（お姉ちゃん、どうしてどうして。私ひとりぼっちになっちゃった）

（お姉ちゃん、私は、私は結局、お姉ちゃんを何ひとつ助けられなかった）

（これからどうすればいいの……これから）

遂に、その日が巡って来た。佐織は木立の陰に隠れて、八田が大久保の老朽化した屋敷へ通ずる行き止まり道路へ向かって交差点を曲がったのを見届けた。

仇敵を目の前にして、少し体の芯に火照《ほて》るものを感じたが、佐織は自身でも驚くほど冷静だった。これまで練り上げた周到な計画の遂行に神経を研ぎ澄ましている我を感じた。

佐織の隣には池谷がいた。池谷は八田が屋敷へ向かって歩いていることをメールで佐織に通知した。佐織は新宿三丁目で行われていた歓迎会を終盤で抜けて、屋敷にほど近い韓国居酒屋で池谷と合流し、預けていたリュックを受け取った。

八田は屋敷を久しぶりに見て少し記憶が蘇ったのか、その足取りはこれまでに佐織が見たことがないほど力強いものに変わっていた。すっかり日は落ちているが、いつものように大きめのサングラスを掛けていて、首に鞄を提げている。

八田は屋敷に入っていた。佐織は屋敷に近づくと、入口の周囲を見渡して防犯カメラがないことを確認した。ここに至るまでの道中も防犯カメラはなかったはずだ。用心して自動販売機の前を通るのは避けてここまで来た。ここ数年、防犯カメラを内蔵した自販機が増えている。

八田は入口の扉の施錠はしなかったようだ。佐織は扉を静かに開けて屋敷に入った。池谷も続いた。屋敷の内部は暗かった。照明が外されているのか、単にスイッチが入っていないのかは分からない。屋敷内の様子は窓から差し込む外灯や隣家の明かりで、わずかにうかがい知れる程度で、窓から離れた室内や廊下は真っ暗だ。

佐織は入口から二メートルほど入った所で足を止めて耳を澄まし、目を凝らした。左のほうに背の高い家具がたくさん並べられた大きなスペースがあって、その奥から男が談笑する声が聞こえる。佐織はそのスペースに近づいて、そっと内側を覗いた。サングラスを外した八田が大柄な男と会話を交わしている。

この屋敷には八田の昔の同居人がいまだに潜んでいることを、池谷から聞いて知っていた。NPO法人の活動でもこの屋敷のことはたびたび話題に上る。この屋敷の札つきはこの大柄の男のことだろう。

佐織は池谷に二階の一番奥にあるゲストルームへ行って、そこでしばらく待つよう指示をした。池谷は本村に呼ばれて、この屋敷には何度か来ており、部屋の配置はおおむね分かっている。足音を忍ばせながら、暗闇の中、手探りで階段の手摺りを伝って二階へと上がって行った。

八田と大柄な男との会話は二十分程度続いたが、男は下腹部を押さえて廊下の奥へ消えて行った。便所に用を足しにでも行ったのか、談笑を終えた八田は男とは反対方向に、一階の廊下を東側へ歩いた。距離を詰めなければ見失うと考えた佐織は、パンプスを脱いで裸足になり足音を消して、八田の後方に素早く迫った。手を伸ばせば触れる距離だ。八田の荒い息づかいが佐織の耳に届いた。

八田は廊下の南側にある一室に入った。佐織もすぐにその後を追った。その部屋には大きな本棚や机が置かれており、どうやら書斎のようだ。佐織は部屋に入って、あたりを見渡したが、すでに八田の姿はなかった。

消えた――！

佐織は少し慌てたが、大きな二つの本棚の間に、薄明かりが漏れているのを見つけた。覗き込むと地下への階段が見えた。八田はこの階段を下りて行ったようだ。

（やはりあった！　ここが、おあつらえ向きの場所）

佐織の目はランランと輝いた。

佐織は、この屋敷の間取りのほか、地下室があることも池谷から聞いて知っていた。そして、この場所で審判を下すと決めていた。

佐織は地下へ続く階段を一段一段慎重に下りた。地下室は冷房が効いているのかと思うほど涼しかった。光量の少ない裸電球がぶら下がって、その周りを羽虫が飛んでいる。電気の供給は続いているようで、暗がりだが、一階より視界は開けている。しかし、八田の姿はない。佐織は一歩ずつ地下室の奥へ進んだ。床に散乱するボトルを蹴ったり、ゴミを踏んで音を出さないように細心の注意を払った。板張りの床に虫が多数這っている。佐織は躊躇なくそれらを踏み潰した。素足と木製の床が踏み潰した虫の体液で粘着した。

その時、

「おまえ、俺に何か用か？」

物陰から突如、佐織の目の前に八田が現れた。素子が引っ掻いた眼の周りの傷跡がはっきり見て取れる。その声音も随分しゃがれていて、いつか病室で聞いたのと同じだ。

佐織は驚いたが、八田も電球に照らされた佐織の顔を見ると急に怯えだした。

「おい、止めてくれ。俺が悪かった。おまえ、あの時の女だな」

「……」

佐織は意味が分からず黙っていた。八田の吐息のタバコ臭さに少し顔を背けた。

「確か、火を放って殺したはずだよな。生き返ったのかよ」

八田は後ずさりをした。

八田は記憶から蘇った素子と佐織を混同したようだ。八田の狼狽ぶりからすれば混乱のほうが正しいかも知れない。

佐織は八田の様子を眺めながら冷徹に言った。

「あの時の女は死んだ。あんたが火をつけて殺した。私はあの時の女の妹」

それを聞いた八田はその場にへたり込んだ。

「俺は認知症の診断を受けているようだ。周りの人間に言わせれば、今言ったことも、見たことも覚えていないらしい。この前、隣室の男が俺の財布を盗んだので、そいつに殴り掛かったら介護士を殴ったようだ。まあ、それもあやふやなんだが」

「それは調べがついている。あんたの場合は、おそらく父親の遺伝的な要素が強い。家族型の若年性認知症は進行が早い。その症状は本当に気の毒で厄介」

佐織は憐憫のまなざしで八田を見た

「俺に同情するのか？」

「違う！　裁判官に同情している」

佐織はキッパリ言った。

「何の話だ」

「あんたを警察に突き出して、姉の殺人で裁判に掛けたとしても、あんたは今みたいに不規則な発言を繰り返す。そして、あんたについた弁護士は、あんたは犯行当時から認知症の症状があり、心神喪失で刑事責任能力がない、とか言って、臆面もなく無罪を主張する。〈自分のやったことが悪いと自覚できない人間は裁けない〉って、今の刑事法制の理屈が私には理解ができない。シリアルキラーのような殺人鬼は、感覚が鈍磨して、自分の殺人を悪いと思っていないわけだから、その理屈では本来は裁けないはず。被害者をないがしろにした、その場しのぎのくだらない解釈。ただ、刑事法制に綻びがあるなら、私はそれを逆手に取るだけ」

佐織は担いで来たリュックを床に降ろした。

「俺はおまえの姉を殺していない」

「また不規則発言ね。あんた、さっき、殺したって言った」

「殺人ってなんだ？」

「人の命を奪うことでしょ。あんたにつき合う裁判官と裁判員が本当に気の毒に思える」

「人はいつか死ぬ。死ぬ人間は殺せない。俺がやったことは、ただ死期を早めただけだ」

「あんた、それだけ詭弁《きべん》を弄《ろう》することができるなら認知症かどうかも怪しいわね。でもその表現は嫌いじゃないわ」

佐織は冷淡な笑みを八田に浴びせた。

「何か思い出して来たぞ。あの時、墓場で出会った女はめっぽう強かった。確か、俺ともう一人の男二人で相手して、俺はこのあり様だ。おまえがあの時の女の妹で、こんな処へひとりで乗り込んで来たってことは、姉ちゃんみたいな手練れってわけだよな」

「たぶん、それ以上ね」

佐織は応えた。裸電球に触れた大きな羽虫がチリッと音をたてて佐織の足下に落ちた。

「じゃあ、俺に勝ち目はないな。姉ちゃんの仇《かたき》を討ちに来たってわけか?」

「それは当然だけど。それともう一つ大きな理由がある。男は体が大きくて、体力があって、本来ならば女性や子どもを守るべき存在のはず。それなのに、力を持て余して、その力を弱い者に向けるなら、卑怯者の刻印を押されて、より強い者に誅伐《ちゅうばつ》されても文句はないはず。あんたは姉によって刻印を押され、私はそれに導かれてここへやって来た」

佐織は大きく目を見開いて八田を睨みつけた。

八田の吐息に顔を背けながら言葉を交わすたびに、八田の病室内での発言「殺して丸焼きにしてやった」が佐織の耳にこだました。

そして、佐織の体の芯でくすぶっていた小さな熱源が分裂を繰り返して、やがてその熱量が徐々に大きくなるのを感じた。

「俺もはるか昔に、父親に殴られる母親を見て、同じ様な感情を抱いていたような気がする。ただ俺は母親を守ることができずに逃げ出した」

「あんたの過去に興味はない」

佐織は少し言葉を荒げた。

そして、リュックからロープを取り出して、観念した八田の胸の辺りを地下室の柱に縛り始めた。

「俺を殺すのか？」

「火をつけて焼いたりはしない。でも、相応《ふさわ》しく死期を早めてあげる」

「少し待ってくれ。そこの鞄を取ってくれ」

「これっ？」

佐織は暗がりから鞄を拾い上げた。

「中を見てくれ」

「サングラスと写真しか入っていない」

佐織は中を見て応えた。

「俺の母親の写真だ。手に持たして欲しい」

「綺麗な人ね。あんたも人の子だった」

佐織は写真を取り出し八田の右手に渡した。

八田は写真を眼に近づけ、母親の顔のあたりを左手の指でなぞった。八田の眼の周りの傷跡が写真の暗い背景に反射した。

「俺は、今、自分の眼の周りの傷跡の意味さえ分からない。なぜここにいるのか。あんたが誰だったかも、だんだん分からなくなって来ている。殺したいなら、殺せばいい。そんなに憎いなら好きにすればいいさ」

「そんなに症状が酷いなら無罪の可能性が残る。もし、そんなことになったら、姉は本当に浮かばれない。あんたにはここで死んでもらうしかない」

佐織は体の奥底で得体の知れない熱塊が凝縮されて、噴き上がってくる感覚に襲われた。

「だが、おまえにだって目に見えない刻印は残る。俺を殺しても、おまえもいつかは見つかって、今の俺みたいに誰かに捕縛される」

佐織は八田の言葉を否定して、大きな声を出した。

「私はまだ捕まるわけにはいかない。そして、誰かに見つかっても私は捕まらない。ただ、最後に聞いて置きたいことがある。あんたと一緒に姉を殺した男はどこにいる？」

「今の俺にそれを聞くのか。そんな男はいたような気がする。確か暴力団の男だ。だが、名前は覚えていない。嘘じゃない。勘弁してくれ。頼む」

八田も大きな声を出した。それは命乞いにも聞こえた。そしてボソリと続けた。

「そう言えば、おまえの姉ちゃんも最期は誰かの名前を呼んで助けを求めていたはずだ」

佐織はその言葉を聞いて、突如吐き気を覚えて、同時に臨界に達した。

「分かった。覚悟して」

リュックからタガーナイフを取り出し、静かに宣告した。

「おい、何してる。やめろ。きさん、狂うちょる。ぎゃー、うっぐっぐっ」

八田の声は聞こえなくなった。

「狂ったのは、あんたのほうが先でしょ」

吐き捨てるように佐織は言った。

八田の下腹部から大量の血があふれ出した。佐織は返り血を浴びながら、八田が動かなくなるのを見届けた。仇を討った高揚感も、人を殺めた背徳感も、何も感じなかった。リュックからタオルを取り出して丁寧に自身の顔を拭った。同時に取り出した紙二枚を、八田の腹にテープで貼りつけ、タガーナイフと姉が作ったドライフラワーを八田の足下に置いた。

佐織は地下室から出ると、池谷を待たしている二階の一番奥のゲストルームへ足早に向かった。大柄の男の影はなかった。

二階のゲストルームは一階より天井が低く、窓はあるがやはり薄暗かった。池谷は部屋の隅で屈み込んで、壁に向かって何かをぶつぶつ言っている。

佐織は血のついた服を全て脱ぎ捨てて下着だけになり、板張りのフロアに仰向けに寝転がった。

「あんた、ここに来て」

佐織は池谷に声を掛け、自身の腹を指さして、腹の上に乗るように指示をした。池谷は立ちあがって部屋の隅から移動して、佐織に言われるがまま、腹の上に跨《また》がった。

「さあ、早く、この首を思いっきり絞めて、私を殺しなさい」

佐織は池谷に言った。

池谷は佐織に言われるがまま、その首に巻きつくように手を掛けて力を込めた。やがて佐織の顔は真っ赤にうっ血した。

「もっときつく」

佐織の絞り出す言葉を聞くと、池谷はより一層力を込めた。

佐織は首に掛かった手を掴み静止させて、

「あんた、私を殺す気あるの？　それから、私を殺したら三十分後キッカリに、あんたの携帯で警察に連絡して、私に頼まれたって言うこと」

息を荒らげたまま命じた。

そして、佐織は池谷の後ろポケットに手を伸ばして、携帯電話を抜き取ると、それを一部が朽ちた床材の隙間に隠した。

池谷は、佐織の命ずるまま、再び手にぐっと体重を掛けながらその首を絞めた。

佐織は意識が遠のいて、やがて、鼻血を流してグタッとなった。

池谷はすぐに佐織の腹の上から下りて、佐織が泡を吹いているのを見て、大変なことになったと思った。ただ、これは佐織に頼まれてやったことだ。この後も頼まれごとがある。佐織から離れることにした池谷は、ゲストルームを出て、一階に下りると、屋敷を後にして、ＪＲ新大久保駅へ向かった。

暗がりの中、力なく横たわり、ピクリとも動かなかった佐織の体が突如大きく波打ち、その目がカッと見開かれた。佐織は上半身をゆっくりフロアから持ち上げた。それから、大きく一息を吐いた。

佐織は念のためのアフターピルと一緒にエピペンと呼ばれる自己注射薬をＮＰＯ関係者から入

手していた。それを、ゲストルームの入室直前に自身で大腿部に打った。成分のアドレナリンが効いて、脳の一時的な虚血状態の回復を早めたようだ。

佐織は立ち上がると少しよろけながら、ゲストルームに付設したシャワールームへ入り、二度嘔吐した。それから鏡で首の扼痕を確認し、ゲストルームに戻って、リュックから取り出したストールを首に巻いて、そろりそろりと一階へ下りて行った。

大柄な男が一階の奥の納戸から出て来て、ホールにいた佐織の後方から声を掛けた。

「さっきから、何か、バタバタ音がするなって思ったら。八田の奴、屋敷に戻るなり女を連れ込んでお楽しみかよ。なんかスゴい声が聞こえたが、そんなによかったのか。じゃあ、俺も楽しませてもうおうか」

「あんたは本村さん？」

佐織は振り向いて訊いた。

「なんで俺の名前を知っている。ははーん、八田から聞いたのか。八田とは、どういった関係だ？」

「昔からの知り合いです」

「へー、こんな所で偶然再会ってわけでもないよな。八田から呼び出されたのか？」

「まあ、そんな感じです。八田さんは用事が済んだので屋敷から出て行きました。もう施設に戻っているかも？」

そう言って、佐織は本村に微笑んだ。

「なんだ、俺に挨拶なしかよ。まあ、施設から抜け出て来た目的があんただったとしたら、俺と顔を合わすのはばつが悪いよな。それじゃ俺たちはシャワー室のあるゲストルームへ行くか？」

「分かりました」

佐織は顔を紅潮させて、うつむき加減で了承した。

「あんた、なんだか知らないけど、とても物分かりがいいね」

本村は下品な笑いを浮かべながら、佐織と階段を上がって二階のゲストルームへ向かった。

雨の中をずぶ濡れになって、JR新大久保駅へ徒歩で向かっていた池谷は佐織から指示された、「三十分後に警察に電話する。殺して欲しいと佐織さんから頼まれました」を駅に着くまで、オウム返しに何度も繰り返していた。

新大久保駅の改札を抜けて、駅のホームに上がったところで丁度三十分が経った。池谷は警察に電話を掛けようとして後ろポケットの携帯電話に手を伸ばしたが、そこに携帯電話はなかった。

池谷の心臓が早鐘を打った。

（どうしよう。どうしよう。約束は守らないと）

からだ中をまさぐりながら、携帯電話はいつも後ろポケットに収まっていて、さっきゲストルームに入るまでその感触は確かにあった気がする。

（佐織さんの腹の上に乗った時に携帯電話を落としたに違いない）

池谷はその結論に至り携帯電話を取りに戻る決断をした。


男の叫喚《きょうかん》が聞こえた。激しい雨が屋根を叩く音にもかき消されないほど大きな声だった。住田千寿子は自宅の二階で書き物をしていたが、カーテンを開けて窓に顔を近づけ、声の聞こえた方向へ視線を送った。闇の中にいつもの洋館が見える。周辺は少し霞《かすみ》が掛かっている。

次の瞬間、洋館一階の木製扉がはじけるように開放され、若い女が蒼白の形相で飛び出した。住田の目は釘づけになった。女の服ははだけ、顔から肩口全体が血で染まっている。大量の血は、はげしい雨に叩きつけられるとみるみるうちに流れ落ち、側溝に吸い込まれて行く。女が飛び出した洋館の扉の奥からは咆吼《ほうこう》にも似たうなり声とともに「助けてくれ」という声が聞こえたようにも思えた。女は一切振り向かず、裸足で道路を真っ直ぐ駆け抜けて、南の方角へ走って住田の視界から消えた。

ＪＲ新大久保駅から数分で、池谷は屋敷の前に戻って来た。閉めて出て行ったはずだが一階の扉は開放されている。携帯電話を探すには、佐織を放置した二階のゲストルームへ向かわざるを得ない。池谷は屋敷に入ると階段のほうへ向かった。暗闇の中、階段を上って二階へはすぐに到達した。

ゲストルームは東へ延びる廊下の突き当たりにある。廊下に窓はなく漆黒の闇で、池谷は壁伝いにそこを目指した。

「佐織さんは見ずに、携帯を見つけたらすぐ電話」

扉の丸ノブに手を掛けると、池谷はそう呟いてゲストルームの扉を開けた。ただ、そこに倒れているはずの佐織の姿はなく、血まみれの服とストールが残されていた。池谷は状況が全く飲み込めず、混乱の中、這いつくばって携帯電話を探し始めた。

その時、ゲストルームに付設したシャワー室の中から男の大きなうめき声が聞こえた。池谷がビクッとして振り向いた瞬間、シャワー室の中折れ扉が開いて、顔面血まみれ男が飛び出した。男はシャツは着ているが下半身は下着も着けていない。

「助けてくれー、誰か」

男はすがるような声を上げた。血まみれで顔は分からないが、体格や声からすれば本村のようだ。前が見えていないのか両手で前を探る仕草を取っている。池谷は身をよじって左手をかわしたが、大きく伸びた右手が池谷の顔に触れた。血まみれの本村はその空間に勢いよく組みついた。

池谷は本村に組みつかれそうになったが、すんでの所で廊下に逃げた。

「待ってくれ。行かないでくれ。助けてくれ」

本村は池谷の気配を頼りに、なおも必至に迫って来る。

廊下に出て数メートルのところで、池谷は足を滑らせた。後を追ってきた本村は池谷につまずいて転倒した。

「ひゃー」

池谷は悲鳴をあげて、廊下を這いずりながら階段のほうへ逃げた。欄干に手を伸ばして、なんとか立ち上がり、本村の掴みかかる左手を両手で振り払った。交互に手が伸びて来て、遂に胸ぐらを掴まれた。本村と池谷は激しい揉み合いになりながら、一階へ続くかね折れ階段の手前まで到達した。その時、「苦しい」と言って、本村は自身の胸を押さえた。池谷は本村の手が離れた瞬間、両手でその胸を力強く突き放した。本村は左手で胸を押さえ、右手は池谷のほうへ伸ばして、階段の下へ落ちて行った。ステンドグラスを通して差し込む薄あかりが、本村の血まみれ顔に紫色の陰影をつけた。

大きな音がした。単に階段の踏面《ふみづら》が壊れた音ではなさそうだ。どうやら頭蓋《ずがい》も砕けたようだ。

本村はそのまま踊り場までずり落ちてしばらく痙攣していたが、そのうち動かなくなった。本村の後頭部から流れ出る鮮血が無垢の板貼りの踊り場をゆっくり浸蝕した。

（大変、大変。どうするどうする）

池谷は本村の状態を確認した後、階段を下りて屋敷の一階を走り回った。この屋敷にはもう『知らない人』しか残っていない。

（知らない人に救急車を呼んでもらう。知らない人はいつものところ）

池谷は書斎に駆け込み、階段を転げながら地下室へ辿り着いた。

そこには下半身が血まみれの『知らない人』が白目をむいて柱にくくりつけられていた。

「ぐぎゃー」

池谷は後ずさりしながら転倒した。パニックは頂点に達した。池谷は一目散に地下室から抜け出すと、書斎の窓から外へ這い出して、目についた路地をつまずきながら遁走《とんそう》した。

階段の踊り場で本村の顔を誰かが覗きこんだ。

「死んだのか？」

呟いたのは佐織だった。

韓国居酒屋で目立たない服に着替えて戻って来た。その後、地下室の出入り口をコンパネで塞いで、二階に脱ぎ捨てた自身の服を回収し、指紋を拭って、足早に洋館を立ち去った。

第七章　かすがい

次席検事室の電話が鳴った。

電話に出た高村は交換から、

「外線で手塚佐織と名乗る女性から電話です」と聞いた。

「つないでくれ」高村は言った。

聞き覚えのある声だった。

「もしもし手塚佐織です。お話があります。今、検察庁の一階の正面玄関にいます。セキュリティーを通して頂けますか？」

「分かりました。一度電話を切ります」

高村は一階の保安係に電話を掛け、面会を求める女性をゲートから入れるよう指示をした。

保安係から伝達を受けた受付は佐織に「次席検事室は十二階です」と案内した。

佐織は受付の顔を見ずに「知ってます」と返答した。

エレベーターの待合スペースに入ると見覚えのある検事と目が合った。元木は驚いた様子であったが、間もなく二人の前でエレベーターの扉が開いた。二人は乗り込み、元木はドア側に張りついて、「何階ですか？」と訊いた。「十二階をお願いします」。沈黙の数十秒が長く感じられた。元木は九階で下りた。


「かすがい現象だ！」

道場から戻った山城が自身のデスクで大きな声を出した。

「かすがい。何ですか？　いきなり」

前のデスクに座っていた田崎が驚いた。

「佐織は最初から八田を殺すのが目的でした」

「はあ？」

「ただ、何らかの理由で罪を逃れる方法を考えた。それがかすがい現象」

田崎は山城の言っている意味が全く分からなかった。

「山城さん、Ｆラン大出にも分かるように、もう少し丁寧に説明してもらってもいいですか？」

佐織がエレベーターを下り、通路を歩いて突き当たりを曲がると次席検事室の扉は開いていて、ドアノブは高村が持っていた。

「どうぞ。中のソファへ」

高村が入室と着座を促した。入室して沙織は中央に置かれたソファに腰を下ろした。人払いしたのか立会事務官の姿はない。あとから高村が沙織の真正面に座って、相手をそれぞれ確認した後、沙織は一度立ち上がって、「このたびは色々とお世話になりました」と頭を下げた。それからもう一度座って、「今日はこの事件の全てをお話に来ました」と言った。

「ぜひお聞きしたい」高村が応えた。


山城の周りには、ほかの刑事も集まった。

「佐織は、あの屋敷に侵入しワインセラーで八田を殺害した後、洋館の二階で待たせていた池谷に自身の首に扼痕をつけさせました。それから、おそらくあの屋敷のどこかにいた本村をゲストルームに誘ったうえで襲撃し、目に傷害を負わせた。今回の裁判で有罪の判決を受けた本村の傷害、それと佐織の当初からの目的だった八田の殺人は、佐織があの洋館に留まる一定の時間内に決行されました。そうなると、洋館への住居侵入をかすがいとして傷害罪と殺人罪は科刑上一罪になるのが今の刑事法制です。数年前、障害者施設で起きた痛ましい大量殺傷事件も、施設への建造物侵入をかすがいとして全ての殺傷を一罪として審理しています。そして、刑事裁判の大原則は一罪一罰。佐織の場合、本村の傷害で一度罰を受ければかすがいの関係、つまり、科刑上一罪の関係にある、八田の殺人で罰を受けることはありません。裏を返せば、本村の傷害では必ず罰を受けねばなりませんでした」

　見知った顔ぶれの中で、山城の頭は冴え渡り、その推理は際立った。

　高村は佐織の話の途中でうなずいた。

「あの大きな屋敷を選んだのは、そういうことですか。普通の民家だと八田はすぐに見つかってしまう。それから正当防衛の主張はするが、わざとできの悪い弁護士を雇って、最終的に正当防衛は認められないようにことを運んだ。刑法三十六条は正当防衛が成立すれば、『罰しない』と規定している。正当防衛が成立すれば、罪数理論がいうかすがいが崩れてしまう。感心します。ただ、あなたにも本村の目を潰せば、本村が何らかの事故に巻き込まれて、致死の責任を問われるリスクはあったはずですね」

「池谷は保険でした。佐織は本村の目を潰せば、何らかの事故に巻き込まれて、致死の責任を問われるリスクは計算していた。傷害から死亡への因果関係を切断するには、人を介在させることが最も有効です。多くの判例は、人が何らかのタイミングで関われば相当因果関係の切断を認めています。だから、池谷に首を絞めさせて偽装をした後に、本村の目を潰したタイミングで、池谷が屋敷に戻る方法を考えた。そこで、佐織は池谷の携帯電話を抜き取って床材の隙間に隠した。佐織の目論見どおり、池谷は携帯電話を探しに屋敷に戻って、おまけに本村を二階から突き落としてくれた。携帯電話はいずれ見つかって、私たちが池谷に辿りつくことも計算していた。池谷は佐織にとっては傷害罪を越える責任を問われない生き証人となるはずで、そこは池谷の自殺で予定が狂いましたが、遺書はおつりが来るほど威力を発揮しました。傷害で有罪判決を受けた以上、それとかすがいの関係にある八田の殺人は裁けない。もう私たちは佐織に手も足も出せない。これは完璧な報復劇です」

「山城さん、それでも気になることがあります。そのかすがい現象なら、首を絞められたとか性的暴行を受けたとか言わずに、八田を殺した後に、単に本村を傷害すればよかったんじゃないですか？」

「私たち刑事の裏を掻いたのです。現場百回というが、それは真犯人が判らないか、犯人は捕まえたが動機に不審な点がある場合に、現場に手掛かりを求める時の例え。嫌疑が掛かっていち早く出頭し、私たちの手持ち時間を減らした上に、傷害の動機は性犯罪者に対する咄嗟の反撃行為となれば不自然な点はなく、捜査の目は現場から遠のいた。現に、私たちは防犯カメラの映像の解析すら忘れてしまった。八田の遺体が見つかる前に、本村の裁判が終われば佐織の勝ち。傷害より傷害致死のほうが短期の裁判員裁判になる分、佐織には有利でした」

「そういうことですか」田崎は得心した。

「そして、もうひとつつけ加えるなら、裁判員は無作為に選ばれるのがたてまえですが、性に関わる裁判については男女の比率を同じにすべきとの批判が絶えない。裁判所が配慮したかどうか確信はないですが、今回の裁判の裁判員の男女比は半々でした。性犯罪の被害者は圧倒的に女性です。中立とはいっても素人の女性裁判員は心情的には性犯罪被害者の肩を持ちたくなる。佐織は裁判員の構成や心証に影響を与えることまで計算して、偽装の性的暴行のストーリーを思いついた。それで、傷害罪にはなりましたが、結果として、執行猶予がつきました」

「復讐に三年も掛かった理由とかあるのですか?」

集まりの中から吉川が訊いた。

「三年掛かったのは、もちろんジムでの鍛錬もありますが、おそらく、八田があの洋館に戻るのを待っていたのでしょう。認知症の徘徊癖には、時に、昔なじみの場所へ辿り着くことがあると聞きます。元看護師なら当然知っています。佐織はその機会をじっと待った。それが三年です」

山城の推理によれば、これまでの全てに説明がつく。刑事課の一角に言いようのない無力感が漂った。

ただ、正当防衛の成立は望まなかった佐織が、執行猶予にはこだわった。山城にも、この佐織の真意は分からずじまいで、もしかしたらという、かすかな胸騒ぎが残った。

「手塚佐織さん、舌を巻きます。八田と本村のそれぞれの腕時計を壊して、かすがいの証拠にしたのもお見事です」

高村は両手を組んで首の後ろにまわしてソファの背もたれにのけぞりシーリングライトを仰いだ。

「検事さん、最後に少し私のほうから世間話をしてもいいですか?」

「ええ、どうぞ」

高村は佐織に向き直った。

「アザミって花をご存じですよね」

「確か、紫色の花でしたか?」

「ええ、そうです。私の育った田舎の土手にたくさん咲いていて、姉とアザミを見ながらよく散歩をしました。アザミはスコットランドの国花です。十世紀以上も昔、スコットランドに攻め入った北欧軍がアザミを踏んで大声を上げたために夜襲に気づいたスコットランド軍が北欧軍を撃退したという逸話が残っています。アザミは小さなトゲで国を守ったとして、以来スコットランドの国の花になりました。アザミには花言葉がたくさんあって、私が中学生になった頃、この逸話と共に姉が教えてくれました。姉が好きだった花言葉は、逸話に基づく〈独立〉と〈高潔〉。私が好きなのは〈孤独〉と〈人間嫌い〉。アザミの花言葉には言霊《ことだま》があるみたい。そして、私の一番のお気に入りは〈報復〉です」

佐織の表情は高村がこれまでに見たことのない晴れやかなものだった。

「一昔前、親兄弟のあだ討ちは正義でした。この〈報復〉もあなたなりの正義というわけですね」

ただ、高村にもまだ腑《ふ》に落ちないことがあった。

「ところで、あなたは元看護師さんだ。どこでこんなストーリーを考えついたのですか？　あの弁護士もコマのひとつで、入れ知恵は考えにくいですが……」

高村は最後に訊いた。

「こちらに伺った最初に、『このたびは色々とお世話になりました』と申しあげたと思いますが」

「いったいそれは？」

高村は戸惑いの表情を見せた。

「姉の遺品に八百頁を越える学術書があります。書き込みもギッシリです。裏表紙の裏面に検事さんの名前があります。高村検事、あなたはやはり〝最強〟です」

それを聞いた高村は言葉を失い茫然となった。佐織はその様子を見ながら、丁寧にお辞儀をして次席検事室を後にした。

エピローグ

土田は例の斡旋所で、アラフォー女を前にして座っていた。土田の隣には温子もいた。

「確か、電話口であなたは、私への依頼は、手塚佐織の指名とか言っていましたよね」

「先生の具体名じゃないよ。彼女の依頼内容は、今思えば摩訶不思議だった。『コトがうまく運んだら、選り抜きのできの悪い弁護士を紹介して欲しい』って依頼だった。そこで、迷わず先生を紹介した。なにか悪い？　落ちこぼれ弁護士ＶＳ最強検事。結果は明らかに思えたけど、最後に勝ったのは彼女。コトっていうのは、どうやら、そういうコトだったみたいね。私は先生を紹介してよかったと思ってる。なぜなら、理由はどうあれ、まず依頼人の利益に最大限に応えるのが斡旋所の役目だから。でも、この斡旋所を閉めることになったの。弁護士は労働者じゃないから無許可で仕事を斡旋しても職業安定法違反にはならないけど弁護士法には抵触する。誰かがチクった。うちの斡旋所を利用した仕事のない弁護士は多いから、それを全部非弁でお白洲《しらす》って話にはならない気もするけど、少なくとも弁護士会からは沙汰《さた》があると思うわ。まあ、それは最初から覚悟のうえよね」

アラフォー女はさばさばした口調だ。

雑居ビルの階段は暗く長かった。全てを聞いた土田は温子に支えられ、階段を踏み外しそうになりながら斡旋所を去った。


「かすがい現象とは不愉快な名称だな。自然現象じゃあるまいし。制度に綻びはつきものだが、誰が考えたのか、欧米にも解釈例がない、究極のふざけたカラ箱だ。俺も、検事を辞めたら、恰《かっ》好《こう》の屋敷を見つけて、あだ討ちに興じるか？」

高村は苦笑して、本棚から取り出した洋書を段ボールに詰めながら語を継いだ。

「それにしても、こちらが訴追した殺人は無罪になり、おまけに報復劇の片棒を担いだようで、俺の検事のキャリアもここまでだな」

元木を前にして、高村は、すでに机や身の回り品の整理をほぼ終えていた。それを立会事務官は愛惜の表情で見守った。

「元木、検察官の心得について最後に言っておきたいことがある」

「はい、次席」

元木は背筋を伸ばした。

「俺たちは官僚だが、そんじょそこらの役人とは違う。訴追して有罪になれば刑の執行も我々の役目だ。そして、検察官は時に、人の命を奪う求刑を行う。自白事件はもちろん否認事件でもだ。死刑が確定すれば執行を取りしきり、刑場で立ち会いもする。最後のその時まで見届ける。死を目前にして、なお、無罪を叫ぶ者もいる。その声はいつまで経っても耳から離れない。おまえもこの先、とんでもないジレンマを抱える時が来る。タフじゃなきゃこの仕事は務まらない。おまえは耐えろ。そして自分の信じた正義を貫け。おまえならきっとやれる」

高村はそこまで一気に語ると、元木に温かいまなざしを注いだ。

元木は熱いものがこみ上げて、目に溜まった涙が今にもこぼれそうだ。

高村は元木の背中をぽんと叩いて、次席検事室から出て行った。


「足りないピースのほかに、見えないピースがあったってわけですか。八田の陰茎を切り取って口に咥《くわ》えさせるとか積年の恨みとはいえ凄惨です。〈見えない真に悪しきもの〉って佐織自身だったのですね」

田崎が山城に言った。

「悪い人間という一種の人間が世の中にあると君は思っているんですか。そんな鋳型《いがた》に入れたような悪人は世の中にあるはずがありませんよ。平生はみんな善人なんです、少なくともみんなふつうの人間なんです。それが、いざという間際に、急に悪人に変わるんだから恐ろしいのです。だから油断ができないんです」山城は諳《そら》んじた。

「山城さん、急に何ですか？」

「漱石の『心』の一節です。人間はそう簡単に死んだりはしない。そして人間が誰かの都合で適当に殺されていいはずがありません。佐織も八田も普通の暮らしをしていた人間です。それが急に悪人に変わったとしても、単に、〈悪しきもの〉で見えやすかった。人間が急に悪人に変わる理由は漱石も教えてくれない。彼らを〈悪しきもの〉に変えたのは一体何ですか？〈真に悪しきものは見えない〉、私にも見えません」

山城は刑事課の窓から高層ビル群を見上げて静かに言った。

それから数時間後、山城は新宿中央公園のベンチに座っていた。隣には関根がいた。二人の足下には、いつものように小次郎が寝そべっている。小次郎の頭を撫でながら、関根は言葉を絞り出した。

「あんたの親父さんは常日頃から言っていた。『刑事は目の前の犯人だけをただひたむきに追えばいい』と。そのかすがいとやらもお上の理屈で、佐織のやったことは、刑事にとっては殺人に変わりがないけどな。ただ俺は刑事でなくなった今、正義のあり方は色々あっていいと思っている」

佐織は両親と素子の遺影が飾られた仏壇の前で、クッションを抱え、寝ているように丸まったまま心の中で呟いた。

（お姉ちゃん。私は、お姉ちゃんをこんな風にした人間みたいに罪を逃れる気はないよ。あの時の刑事さんがもう一人の居場所を突き止めてくれるまでもう少し待ってね。お姉ちゃんの役に立てたら、私も償って、そっちへ行くね）

カーテンの隙間からやわらかく注ぐ春の陽光が佐織を包んでいた。

佐織が身を隠すアパートの軽量鉄骨でできた外階段のまわり一面にアザミの花が咲いた。日差しが強く感じられ、窓際の花瓶に飾ったアザミの影が一段と濃くなったある日、佐織の携帯にメールの着信があった。送信者名は〈関根〉となっている。佐織は携帯に飛びつきメールを開封した。

その文面はこうだった。

〈マル対を見つけた。九山会の幹部牧田宏一。今週金曜日の晩にJR神田駅の国道十七号線高架下を通る〉

佐織の目に獲物を狙う狼のようなギラついた光りが戻った。

ＪＲ神田駅近くの国道十七号線高架下は、金曜日といえども午前零時近くともなれば歩道沿いの店舗は全てシャッターが降り、外灯もなく暗がりで、終電が近いのか電車の走行音もまばらだった。ただ、駅に近いこのあたりは深夜でも酔客などそれなりの人通りはあり、防犯カメラもそこかしこに据えられているが、佐織はそれらを全く気に掛けなかった。

鋼板の筋交いが螺線のように組まれた、ＪＲの軌道を支える頑丈そうな鉄柱に身を隠しながら、佐織は関根から聞いた男が到着するのを待った。午前一時を過ぎた頃、三人の男の影が前方から歩いて近づいて来るのが見えた。飲み屋の帰りと思ったが、いずれも足どりはしっかりしている。(センターを歩く細身の男がマル対のようだ。両サイドが護衛だろう。関根の情報どおり三人だ。これならやれる)

佐織は思った。

佐織が、三人を目がけて走り出し、正面から突っ込もうとした刹那、佐織の後方から車道を走ってきたタクシーのヘッドライトが歩道上の三人を照らし、男らの顔が暗がりに浮かびあがった。それを見て、佐織は三人の直前で疾走を止《や》めた。

「手塚さん、すまない。やっぱり俺はあんたの報復の助けはできない」

佐織のほうから見て、右側の中肉中背の男が大きな声で佐織に詫びた。

その男は関根だった。

「手塚さん、変な言い方かも知れませんが、あなたはまだ殺人に手を染めていない。まだ引き返せます。引き返しましょう」

マル対のはずのセンターの細身の男がしゃべった。山城だ。

「ボコボコにされてもここからは逃がしませんよ。あなたのためだ」

左側の大柄な男は田崎だった。

「孤独や憎しみ、嘆きの感情って、人間に限ったもののようです。だから、感じない人にとっては、そういった感情はないのと同じです。でも、ここにいる関根さんは、あなたの憎しみや嘆きが分かるそうです。そして、私は、あなたの孤独が分かる気がします。なので、あとは、我々に任せてください」

山城がふたたび口を開き、佐織の目をまっすぐ見て、噛んで含めるように語った。

それを聞いた佐織は、しばし茫然と立ちつくし、目に涙をたたえた。やがて膝から崩れ落ち、その場に突っ伏した。肩が震えて嗚咽が漏れた。それから路面に一度拳を打ちつけると、声をあげて大粒の涙をこぼした。それを見た山城は、佐織のかたわらに静かに歩み寄ると、屈んでその震える肩をそっと抱き寄せ、傷ついた佐織の拳をその掌でしっかり包みこんだ。佐織の嗚咽は高架下でけたたましく共鳴するタクシーやトラックの通行音にかき消された。

新宿歌舞伎町の一角にある古びた三階建てのビルのまわりを制服警官が取り囲んだ。牧田宏一が幹部を務める暴力団の事務所ビルだ。

制服警官をかいくぐって、山城を先頭に田崎と吉川の三人が前に進み出た。応対に出た下っ端の組員数人に対して、田崎が逮捕状を示して言った。

「牧田宏一に逮捕状が出ている。逮捕を執行する。そこをどけ。邪魔をするなら全員公務執行妨害で現行犯逮捕だ」

更に、事務所から数人の組員が出てきて、三人を取り囲んで威圧的な態度をとった。その時、田崎は山城の異変を感じた。山城の動きが鈍くなって、体が小刻みに震えだした。田崎はいやな予感がした。

だが、そのつぎの瞬間、山城は顔をあげて階上へ向けて大きな声を発した。

「おい牧田！　聞こえるか。死にたくなかったら早く降りてこい」

その怒声は、錆ついた鉄製の建具にはめこまれたガラス窓をビリビリと震撼させた。取り囲んでいた組員もたじろいで少しあとずさりをした。

山城のこんな大声も口ぶりも初めて聞いた。田崎は驚きの表情で山城を見た。そのまなざしは気迫がみなぎっていた。

間もなく組員をかき分けて、男一人が裸足でビル一階のシャッターの通用扉から出てきた。

「八田のようにはなりたくない。出頭する」

男がぼっそり言った。

「牧田宏二ですね。午前十時三十四分。手塚素子に対する強制性交及び殺人の被疑事実であなたを逮捕します」

山城は静かに言って、差し出された牧田宏二の両手に手錠を掛けた。

牧田宏二は、警察や検察の事情聴取に対して全てを自白し、強制性交及び殺人の併合罪で起訴されたのち、裁判員裁判による数回の証拠調べを経て、やがて裁判は判決期日を迎えた。

「主文。被告人牧田宏二を懲役二十五年とする。罪名及び罰条。強制性交等の罪、刑法第一七七条。殺人罪、刑法第一九九条」

六名の裁判員と左右の陪席裁判官の中心に座った東尾裁判長は判決主文を読み上げた。

被告人席の牧田は頭を垂れた。検察官席には元木と三上が座っていた。二人とも求刑どおりの判決に納得の表情を浮かべたあと、自信に満ち溢れた様子で裁判長の判決理由の朗読に耳を傾けた。

新宿警察の道場に仮設の式典台が用意された。署内の各課から大勢が集り、刑事課からは内村課長、合田係長、田崎、吉川らのほか室伏課長代理の姿もあった。

式典台の上にあがった新宿警察署長が、

「山城巡査部長、壇上へ」と山城に登壇を促した。

「はい」

制服姿の山城は大きな返事をかえすと壇上に上がって署長に正対した。

「貴殿は、犯罪を未然に防止し、一般市民を犯罪から守ったその功績は誠に顕著であり、これまでの犯罪検挙の功績にあわせ貴殿を警部補に任ずる」

警察署長が特例昇任の辞令を読みあげ、山城に手交した。道場に割れんばかりの惜しみない拍手がおきた。内村課長や合田係長、室伏課長代理も拍手を送った。田崎と吉川は人一倍大きな音で拍手を送り、互いに頷きあった。仏頂面を忘れたのか、田崎の目は潤んですでに腫れあがっていた。

式典を終えて、山城は制服姿のまま、新宿中央公園にやってきた。ある男と会う約束があった。男はすでに、いつも関根が座っていたコンクリートで固めたベンチを占めていた。

「はじめまして。高村検事ですね。新宿署の山城といいます。それから佐織の事件では、大変お世話になったそうで」

ある男とは高村だった。山城はベンチに座った高村の前に立ってぺこりとお辞儀をした。

「山城警部補、昇任おめでとう。ただ俺はもう検事じゃないよ。それから正確には初対面ではないな。そして佐織の件は本当に余計なお世話だったようだ」

高村は座ったまま少し腰をずらして、人一人分のスペースを空けて、そこへ山城が制帽を脱いで座った。

「関根さんから聞きました。あなたが、佐織と関根さんの計画を知って、止めるように説得したのだとか。その代わりに手塚素子の強姦犯の保管されていた体液を持ってこいって」

山城が高村に尋ねた。

「正義のあり方はいろいろあってもいいと俺も思っている。ただ、俺は元木に点数を稼がせたかっただけだ。勘違いしないでほしいな」

高村は淡々と応えた。

「その元木検事が立証に使った牧田の体液のＤＮＡ鑑定ですが、最新のものだったと聞いています。それも高村さんが手をまわしたのですか？」

「ああ、あれは俺がもといた附属病院の研究員が考案したものだ。詳しいことは俺も分からないが、ＰＣＲ（Polymerase Chain Reaction）法を応用して、高熱で変成したＤＮＡからでも塩基配列を増幅させて復元できる方法らしい。新しい方法なので証拠採用されるか心配だったが、うまくいったようだな」

「あなたが、そこまで元木さんを可愛がる理由なのですが、佐織が、『高村検事が残した法律書の書き込みにこんな一文が紛れていたのです』と言っていました」

俺は悪い奴らを眠らせない――。

「結局、高村さんが医者から身を転じた理由ってそれなんじゃないかって？」

「あの女、俺に殺人の片棒をかつがせたうえに、恥までかかせる気か」

それから高村はベンチに座ったまま、掌《てのひら》をあわせて両膝の上に置き、うつむいた。

「まだ医者の頃、俺のもとに瀕死の女が運ばれてきた。一見して外傷はなかったが、服を脱がせると腹の皮下出血がひどく、エコーをかけると内臓がぼろぼろだった。夫を問い詰めるとＤＶを白状した。ただ、夫は『俺の親父は国のお偉いさんだ。あんたが警察に通報しても、俺は無傷だ』とうそぶいた。俺は、その時、この男は、やはり裁かれるべきだと感じた。それで、医者をやりながら法曹を目指した。判事補で経験を積んだ後、検事に転身して、最初の事件は、その男の傷害事件だった。公訴時効の十年にギリギリ間に合った。案の定、後ろ盾の男の親父は圧力をかけてきたが、その男にはきっちり引導を渡した。俺が書いたカルテと俺自身が動かぬ証拠になった。その一文をしたためた当時の心境を思い返せば、俺も元木のようにがむしゃらだったな。ただ、長年やっていると知らないうちに、俺も見えないものに巻かれちまったようだ。今が潮時だろ」

スケボーの練習に疲れた若者らが、公園の人工滝の飛沫に裸の上半身を晒して涼を取っている。いつか見た風景を眺めながら、山城は高村の話を神妙な面持ちで聞いていた。

「ところで佐織はどうなったんだ。法律をかいくぐったとしても事実上の殺人犯だ」

高村が顔を上げて山城に訊いた。

「彼女は海外に渡りました。紛争地域で活動する国際医療ＮＧＯの最前線で、看護師として活動していると聞いています」

「紛争地域の最前線か。過酷だな。ただ、佐織なら、沢山の人の命を救って、自身もきっと生きのびるだろう」

「そうですね。彼女のことですから」

山城は同調した。

高村は自身の腕時計をのぞいて言った。

「俺もそろそろ時間だ。これから転職先のボスの面接がある」

「面接ですか。うまくいくなんてイメージしないほうがいいですよ」

「山城流のアドバイスか。そうするよ」

山城と高村は、それぞれ公園のベンチから立ち上がって向かいあった。

「いつかまたどこかで会うこともあるだろう」

「ありがとうございます。私もまた高村さんと仕事がしてみたい」

「そうか。なら、俺もいつかその《チーム》とやらに入れてもらおうかな?」

「もちろん。〝最強〟は大歓迎です」

高村は、それを聞いて白い歯を出し、さわやかに笑った。それから山城の脇へ一歩踏み出した。

「私もこれで失礼します」

山城も制帽を被り直して前へ歩を進めた。

黒革のビジネスシューズを履いたそれぞれの脚が交差し、やがて気配は互いに遠のいた。

山城は、都庁脇の階段を上がって公園通りに出た。「山城さーん」と遠くから大きな声が聞こえて、そちらへ振り向くと、大柄の男が息せき切らせてこちらへ走ってくる。田崎のようだ。そして、田崎のリードを持つ手を車椅子に乗った小次郎が懸命に引っ張っている。山城が手を振って微笑むと、小次郎のダッシュが勢いを増し、田崎は今にも足がもつれそうだ。

山城は、ふと、空にかざした自身の手に目をやった。指の間をぬって、容赦なく照りつける日差しは、あの洋館の事件のあった日と同じだ。ただ、少し視線を動かすと七色の瑞雲《ずいうん》が夏空を彩っていた。

（完）

◎論創ノベルスの刊行に際して

本シリーズは、弊社の創業五〇周年を記念して公募した「論創ミステリ大賞」を発火点として刊行を開始するものである。

公募したのは広義の長編ミステリであった。実際に応募して下さった数は私たち選考委員会の予想を超え、内容も広範なジャンルに及んだ。数多くの作品群に囲まれながら、力ある書き手はまだまだ多いと改めて実感した。

私たちは物語の力を信じる者である。物語こそ人間の苦悩と歓喜を描き出し、人間の再生を肯定する力があるのではないか。世界的なパンデミックや政情不安に覆われている時代だからこそ、物語を通して人間の尊厳に立ち返る必要があるのではないか。

「論創ノベルス」と命名したのは、狭義のミステリだけではなく、広義の小説世界を受け入れる私たちの覚悟である。人間の物語に耽溺する喜びを再確認し、次なるステージに立つ覚悟である。作品の刊行に際しては野心的であること、面白いこと、感動できることを虚心に追い求めたい。

読者諸兄には新しい時代の新しい才能を共有していただきたいと切望し、刊行の辞に代える次第である。

二〇二二年一一月

逢馬 壮（おうま・あき）

中央大学法学部卒業。京都府在住。国文学の研究を志し、地元国立大学の文学部を目指すも挫折。親の勧めで法学部に進むが馴染めず、学生時代は渋谷でDJをやりながら音楽雑誌に寄稿する日々を過ごす。初めて参加した学窓の集まりで様々な話を聞き着想を得、取材を重ねる。小説初執筆となる本作で、異色のリーガルクライムミステリを完成させる。

薊《あざみ》の審判《しんぱん》　〔**論創ノベルス007**〕

2023年11月10日　初版第1刷発行

著者	逢馬 壮
発行者	森下紀夫
発行所	論創社
	〒101-0051　東京都千代田区神田神保町2-23　北井ビル
	tel. 03（3264）5254　fax. 03（3264）5232　https://ronso.co.jp
	振替口座　00160-1-155266
装釘	宗利淳一
組版	桃青社
印刷・製本	中央精版印刷

ISBN978-4-8460-2298-3